LA MIRADA DE PASCUALINA

por Armando Córdova Olivieri

La mirada de Pascualina
©Armando Córdova Olivieri
Primera Edición, 2019

ISBN: 978-0-9981999-7-9

Fotografía: Jorge Andrés Castillo
Diseño, diagramación e ilustraciones: Claudia Mauro e Ignacio Urbina Polo
Dibujo: Ernesto Müller Pitaluga

Snow Fountain Press
25 SE 2nd. Avenue, Suite 316
Miami, FL 33131
www.snowfountainpress.com

Impreso en Estados Unidos de América.

Dedicatoria

A la memoria de Juan Félix Sánchez, Epifania Gil y Alberto Arvelo Ramos de quienes heredé el don de soñar con las montañas.

Agradecimientos

Mi eterno agradecimiento a Mariarita Ivone y María Libertad Domador, musas ubicuas del ciberespacio. También va mi gratitud a Ignacio Urbina Polo y Claudia Mauro por haber asumido, *ad honorem*, el *layout* de la novela.

Armando Córdova Olivieri

ÍNDICE

PRÓLOGO

UNA VOZ EN EL TISURE

Serían las siete de la noche cuando nos sentamos en la mesa de madera rústica, en la cocina de la casa de El Tisure. Juan Félix y Epifania, como siempre, se habían sentado en torno al fogón. Esa noche estaba también el arriero Cecilio Rivas, venido de La Mucumpate. Yo tendría unos 16 años. Por esos tiempos mi padre se había volcado con obsesión en la escritura de un libro sobre Juan Félix y el universo de El Tisure.

Esa tarde había llegado un visitante de Caracas llamado Armando Córdova, hijo de un gran amigo de mi padre. Armando y yo habíamos coincidido algunas veces a lo largo de la infancia.

Siento que para el lector de este libro es importante saber en qué rincón del mundo quedaba esa cocina y el pequeño refugio de piedra. Aquella era la única casa habitada de un valle bautizado siglos atrás como El Tisure, un lugar sagrado para los Timotocuicas, donde por cierto habían dejado esparcida una profunda huella cultural.

El valle de El Tisure está apostado en la cordillera sur de Los Andes venezolanos, a ocho horas a pie de San Rafael de Mucuchíes o de Apartaderos, separado de esos pueblos por un camino serpenteante que rasguña los 4.200 metros sobre el nivel del mar. Aquella cocina silenciosa estaba a ocho horas a pie de la primera casa con luz eléctrica, a ocho horas del primer carro y de la primera bodega con café.

Parecía que Armando había llegado hasta la casa de Juan Félix y Epifania sin saber del todo por qué, como absorbido por una voz interior que le decía que tenía que ir a El Tisure. Lo cierto es que allí estaba el muchacho venido de Caracas, sentando en la cocina, sonriente, con un pequeño morral, sin carpa y sin fecha de regreso.

Algunos meses más tarde me enteré que Armando no se había ido nunca de El Tisure. Cuando finalmente volví a la casa de piedra, mucho tiempo después, Armando seguía allí y ya era uno de ellos. Tal vez había sido un redescubrimiento o tal vez el enamoramiento por un lugar, pero él había decidido dejar de lado su vida cotidiana para hacerse habitante de ese mundo. Había sido una decisión casi ética y sin duda espiritual.

Cuando llegó a mis manos *La Mirada de Pascualina* y comencé a leerla, entendí que sólo alguien que proviene de ese mundo podría escribir un texto cargado de tanta verdad. Es esa verdad, minuciosamente narrada, lo que hace fascinante el viaje de este libro.

La Venezuela de Juan Vicente Gómez observada por un pequeño grupo de parameros, convierte a *La Mirada de Pascualina* en un relato único y en una travesía que habita entre lo hiperrealista y lo reflexivo. A todas luces los personajes de esta novela no son la creación y la aproximación de un forastero. La voz del narrador es la voz de uno de ellos. El libro es un tributo íntimo a una forma una de ver el mundo y a los curiosos personajes que habitaron ese páramo.

No sé si Armando sabía desde aquella primera noche en El Tisure que ese iba a ser su lugar, y que tantos años más tarde él seguiría recorriendo esos caminos.

Alberto Arvelo Mendoza
Cineasta

ESCULTORA DE NUBES

A principios del siglo XX, en tiempos de Juan Vicente Gómez, entre pantanos frailejoneros lamidos por la neblina, vivía la niña Pascualina Parra en una enorme finca de tapia y piedra que se encontraba pasando el camino de mulas sobre el puente de Los Muñecos, más allá de la capilla de la Coromoto de El Tisure, cuando esta aún no existía. Ella era la ayudante en los menesteres hogareños de la señora Vicenta, esposa de don Simón Cañizales, dueño de todas las tierras después del paso de La Ventana de los altos merideños, aledaños al pueblo de San Rafael de Mucuchíes. Aun cuando la casa estaba muy bien arreglada y apertrechada, en esos predios no había electricidad, pero sí abundante agua de las quebradas que bajaban de la cima de las montañas y mucha leña por cortar, para mantener vivo el fogón de la cocina que era el corazón de toda la actividad familiar de los Cañizales. A la niña Pascualina le tocaba todas las madrugadas, en primer lugar, encender una lámpara de aceite que le alumbraba bien la cocina. Luego prendía el fogón de piedra sobre el que se erigía una parrilla de cabilla forjada para calentar el tiesto de asar las arepas de trigo moreno, de las que le tocaba hacer la masa para dar de comer a la familia y a los tres arrieros que se quedaban en el soberado de carruso que estaba en el gallinero. Finalmente ponía a hervir el agua para el café.

Todas las mañanas eran iguales, todos los días del año desde que se había mudado a El Tisure como criada de los Cañizales. Sin embargo, esa mañana la vida de la muchacha de las arepas cambiaría para siempre. Durante la noche anterior había tenido una pesadilla con un toro realengo que la perseguía para cornearla cuando arriaba las vacas hacia el encierro de los becerros para iniciar el ordeño. Con esa imagen en la mente, parada al lado de un mesón contiguo al fregadero, que no era más que un tubo sin grifo que venía desde un pozo de la quebrada y entraba a la cocina sobre una batea de cemento, Pascualina vertía el café molido en el colador de alambre y tela de algodón. Se descuidó y parte del café no cayó dentro del colador sino sobre un plato de peltre blanco que ella siempre ponía bajo el colador para evitar cualquier pérdida y, cuando se percató de ello, vio con asombro que la imagen que tenía en mente de aquel feroz toro persiguiéndola se había reproducido, nítida, con el café vertido sobre el fondo blanco del plato de peltre. Se asustó muchísimo, pues si alguien se enteraba podría decir que algún demoníaco designio se había posado sobre ella. Así que decidió mantener en secreto su inverosímil vivencia. No obstante, dada su naturaleza de traviesa adolescente, decidió repetir la experiencia una y otra vez, de manera controlada, obteniendo como resultado, que siempre que estuviera al lado del chorro de agua, cualquier imagen que pensara podía reproducirla mirando fijamente sobre el plato de peltre, mientras el café molido caía dentro de este. Estuvo jugando por algún tiempo, en secreto, practicando su recién descubierto don hasta que pudo deducir que, mientras mayor fuera el chorro de agua, también lo era la fuerza de su don, pudiendo, en ocasiones, moldear con la mente materiales más pesados que la borra del café, como figuras de queso o mantequilla.

Un día, mientras arriaba las vacas, se detuvo al frente en la quebrada de Agua Linda para probar el alcance de su poder y, en las condiciones descritas, fijó su mirada sobre las verdes piedras de olivino y serpentina, sobre las que corría el agua de la quebrada, y esculpió con su mirada los bustos de la señora Vicenta y Simón. Pudo verificar, de nuevo, que mientras mayor fuera la fuerza del cauce que acompañase su formidable mirada mientras la fijaba sobre los materiales, también lo era su fuerza modificadora. Durante algún tiempo, Pascualina se dedicó a esculpir, con su poderosa mirada, la cuenca de las quebradas aledañas a la finca de los Cañizales, hasta que un día hubo una gran nevada que convirtió las apacibles quebradas y riachuelos en indómitos demonios de agua, llevándose todo a su paso. La curiosidad de la niña por saber hasta dónde podía llegar su impío secreto la llevó a posarse sobre una roca saliente sobre el crecido río y, dirigiendo su mirada hacia las nubes, esculpió en ellas una gigantesca serpiente de ocho cabezas que todos pudieron ver desde la lejanía. Lamentablemente, Pascualina se descuidó por la emoción de ver su creación en el firmamento, dio un paso en falso y cayó hacia las turbulentas aguas que se la tragaron sin piedad. Hoy todos recuerdan su desaparición como el «día de la serpiente en el cielo».

EL ENTIERRO DE MOROCOTAS

En la finca del señor Farabundo tenían una planta eléctrica de la que gentilmente se permitía al pueblo entero beneficiarse también de la luz eléctrica, lo cual no era poca cosa tratándose de un alejado pueblo en las montañas merideñas. Cuando consiguió aquel entierro de 253 morocotas de oro, destinó solo dos de ellas para comprar una carreta tirada por asnos y trasladarse, desde la ciudad de Mérida, por la exigua carretera trasandina de aquellos días. El resto lo guardó envuelto en un pedazo de lona dentro de una caja de madera que escondió celosamente detrás del alambique en la bodega de la finca.

Había salido de mañanita después del café que le dio a beber su esposa, la señora Rosa, montado en su burro, para que el señor Francisco lo acompañara con sus bestias hasta la ciudad de Barinas, y de allí viajar a Caracas en un camión que hacía un viaje semanal hasta la capital. Necesitaba comprar algunas mercancías para abastecer su bodega, sin embargo, a medio camino, llegando a Barinitas, el paso en el caserío de Soledad estaba obstruido por una crecida del río y tuvieron que regresar al pueblo.

Llegaron mientras en la iglesia del pueblo tañían las doce campanadas de la media noche. El poblado dormía desapercibido. Un cháchraro rondaba, con su peinilla al cinto, la pequeña plaza central. Se saludaron y don Farabundo, después de despedirse de *mano* Francisco, continuó hacia su finca, donde nadie lo esperaba. Al abrir el portón de la casa escuchó un alboroto desde su propia habitación, advirtiendo que algo andaba mal. Entró a su cuarto y vio como si un intruso hubiese salido rompiendo la ventana de la habitación, mientras su mujer se ponía apresurada la dormilona de algodón blanco.

De inmediato sospechó que doña Rosa le había montado los cuernos. La miró a los ojos y, sin mediar palabras entre ellos, fue directamente al escondite de las morocotas y tomó la caja de madera en sus manos. Se dirigió al establo y ensilló dos bestias para partir de nuevo hacia los fríos páramos de los picos nevados del sur. Para el viaje llevó una larga soga enrollada en la silla de montar, mientras que en la otra bestia llevaba una pala de cavar, un rosal pequeño que sacó del vivero de la finca, cuatro fajados de pasto para las bestias, un carrete de cuerda para pescar con su respectivo anzuelo y, por supuesto, la caja de las morocotas. No había dormido nada desde que salió en la mañana del día anterior, pero la adrenalina producida por la rabia que lo invadía silenciosamente en su fuero interior le hacía desaparecer cualquier signo de cansancio.

Cabalgó solitario durante dos días hasta llegar a la laguna íngrima e ignota entre los picos nevados. Allí le dio de comer a las bestias y las dejó en libertad. Pescó durante horas hasta acumular treinta enormes truchas que envolvió en la cobija de montar. Buscó un árbol escondido entre los riscos en cuyo pie comenzó a cavar un orificio de aproximadamente un metro de profundidad. En el fondo dispuso la caja de madera con las morocotas, sobre ellas colocó las truchas recién pescadas envueltas en la cobija y las cubrió con tierra hasta casi llenar la cavidad. Finalmente sembró el pequeño rosal sobre las truchas y terminó de tapar el hueco. Luego lanzó el mecate por encima de la rama más frondosa y se ahorcó justo sobre el rosal. Muchos años después encontraron un frondoso rosal entre cuyas espinas, rodeado de rosas, el esqueleto de don Farabundo quedó suspendido en el tiempo.

CAVERNÍCOLAS

En 1920 el Benemérito dio la orden de iniciar la construcción de la carretera trasandina. Un ingeniero italiano estaba a cargo de toda la logística relacionada con las obras a través de los páramos merideños en el tramo entre Barinitas y Mérida. Cuadrillas de cincuenta presos con grilletes se dispusieron a lo largo del camino de mulas en los sitios en los que este coincidía con el trazado de los ingenieros. Los presos trabajaban todo el día, controlados por comandos de diez a quince crueles chácharos por cuadrilla, armados de peinilla, revólver y escopeta. Los reos trabajaban la mayor parte del tiempo amarrados con grilletes en el tobillo, los cuales estaban unidos con cadenas a una enorme bola de acero que dificultaba la fuga. Uno de los tramos más difíciles por su rocosa topografía, era el que mediaba entre la población del caserío de Soledad y el pueblo de Santo Domingo. Allí, además de la enorme bola de acero, los presos debían portar al hombro una gran mandarria para su trabajo de abrir el sendero sobre la pedregosa superficie de la montaña. En algunas ocasiones, en los lugares de difícil acceso, los chácharos se veían obligados a soltar de los grilletes a algún preso para poder facilitar el trabajo y agilizar las obras. En general, se trataba de empinados farallones, con caídas de más de cincuenta metros y pendientes cercanas a los noventa grados.

A Jacinto González, quien cayó preso en La Rotunda por devolverle un peinillazo a un cháraro al que le quitó la peinilla en un bar de putas en Barinas, lo condenaron a trabajos forzados en una cuadrilla apostada unos cuantos kilómetros más allá de Soledad. Jacinto cumpliría treinta y un años el día que se incorporó al trabajo con la mandarria. Un día, luego de varias semanas de trabajo ininterrumpido, lo seleccionaron para quitarle los grilletes y que se encaramara en un alud para hacer caer a mandarriazos una piedra que estorbaba el trazado de la carretera. Desde la piedra hasta el nivel de la cuadrilla mediaban cerca de ocho metros de altura y al llegar a la piedra se podía ver oculto un camino de chivos que se perdía hacia arriba en la montaña. Jacinto no lo dudó y en un descuido de los chácharos, echó a correr montaña arriba, hasta dejar atrás, entre tiros de revólver y escopeta, el campamento. El hombre corrió por su vida durante todo el día y toda la noche hasta internarse en la montaña, sin abrigo, con apenas unas alpargatas, un pantalón y una camisa de kaki. Ya en la madrugada se dejó caer por el agotamiento y se acobijó con mucho monte.

Al día siguiente, al abrir los ojos, estaba rodeado de una veintena de personas que lo vigilaban y esperaban que se despertara. Cuando abrió los ojos se asustó, pero luego se percató de que se trataba de otros presos que se habían escapado antes que él. Había fugados que tenían más de tres años escondidos en la montaña, viviendo de la caza, la pesca de truchas en las quebradas y del conuco.

CHUI DESOLADO

Después de la desaparición de Pascualina en el río, el día de la serpiente multicéfala en el cielo, Chui, uno de los tres arrieros que dormía en el soberado de carruso sobre el gallinero de los Cañizales, quedó desolado. Chui estaba profundamente enamorado de la niña Pascualina que, para los estándares de la época, a la edad de trece años ya estaba en el tiempo de ser apetecida por los hombres de la finca. Además, en una ocasión en la que Chui se quemó la mano izquierda con una soga por lazar un toro salvaje en el páramo, Pascualina, con mucha dedicación y ternura, lo curó con sebo de oveja. Por eso, desde aquellos días, el intrépido arriero había quedado prendado de la niña Pascualina hasta el punto de suspirar en secreto por ella. En realidad, nadie vio caer a Pascualina en el río crecido después de la nevada, pero Chui así lo sospechaba y organizó, con los otros dos jornaleros de los Cañizales, una búsqueda río abajo.

En efecto, sus sospechas se confirmaron cuando encontraron ensartado a la orilla del río, en una mata de mora, el pañuelo amarillo de Pascualina, tiznado por las cenizas del fogón de las arepas de la mañana. Bajaron durante días bordeando el cauce del río hasta casi llegar a tierras barinesas, pero sin éxito alguno y regresaron a la finca, afligidos y cansados. El recuerdo de su dulce y tersa faz, soplándole la herida con su aliento a vainilla y canela, lo hacía sollozar en secreto por las noches. Un día no aguantó más y decidió emprender camino hacia otros derroteros, bien lejos de la finca de los Cañizales. Tomó sus cosas y se fue caminando por las montañas hacia San Rafael. Al llegar al pueblo todos le preguntaban por los acontecimientos de El Tisure, por lo que su deseo de olvidar el asunto no pudo conseguirlo sino hasta mucho tiempo después, al refugiarse en el embrujo del alcohol del miche callejonero destilado en el viejo alambique de la bodega del señor Farabundo López.

EL OFICIO DEL ARRIERO

En la finca de don Simón Cañizales las tareas estaban muy bien divididas. Las mujeres se encargaban de las labores de la cocina, de lavar la ropa en el río, de cuidar a los becerros en el encierro, de teñir y trabajar la lana del esquile de los ovejos, de montar los telares para tejer cobijas de lana de ovejo, de preparar el picante cuando el recipiente de barro se vaciaba...en fin, muchas otras faenas que hacían del día de una mujer en el páramo una jornada muy agitada. Si a ello le agregamos la presencia de niños alrededor de sus faldas, el oficio de ama de casa se complicaba aún más. Muchos de esos quehaceres se realizaban al mismo tiempo, poniendo de manifiesto que la naturaleza de los trabajos femeninos es más dedicada, multifuncional y específica que aquellas tareas asignadas en forma tácita y desenfadada a los hombres de la finca.

Por su parte, todas las actividades que conforman una jornada de trabajo masculina podían resumirse en el campo semántico del término arriero. Dado que en los páramos de las frías y secas montañas merideñas no abunda el pasto, el ganado de todo tipo debe soltarse a su albedrío para que este se proporcione el pasto que requiere para subsistir. Una mirada fija y atenta a las montañas revelaba la naturaleza aleatoria de los miles de caminos que elegía una vaca para llegar a la cima, pues no se trataba de «llegar a la cima» sino de llegar a cada montoncito de pasto que se le atravesara por el camino. Después de décadas practicando este tipo de pastoreo del ganado, las faldas de las montañas estaban esculpidas de millares de caminos que trazaban las vacas en procura del pasto. A Chui y a sus compañeros, el Chaveto y el Catirazo, les correspondía diariamente estar al tanto de qué dirección tomaban las bestias y saber con altísima certidumbre, en cada momento, dónde podrían estar pastando. Además de esta sagrada responsabilidad, los tres arrieros de la finca de don Simón Cañizales debían estar pendientes de que al fogón de la cocina jamás le faltara leña seca, lo cual no era una tarea trivial durante las épocas de lluvia. De igual forma, a los arrieros se les encomendaba viajar cada mes a San Rafael con un convoy de mulas para adquirir, fundamentalmente, harina de trigo, panela de azúcar y gasoil, además de los pequeños encargos que hacían las mujeres persiguiendo la satisfacción de ciertos caprichos que les alegraban la agreste vida del páramo.

A Pascualina le encantaba el chocolate y la señora Vicenta casi siempre mandaba a comprar unos metros de tela para un vestido o cualquier ocurrencia que les viniera en mente. En la finca se sembraba papa, zanahoria y trigo y, en virtud del pausado ritmo de las cosechas, debía planificarse en forma muy precisa que lo que saliera de la finca hacia San Rafael, debía alcanzar para saldar aquello que se traía de allá. Considerando que cada viaje al pueblo tomaba, en promedio, de cuatro a cinco horas a pie, al ritmo ágil de las mulas, la estadía de los arrieros en la finca estaba supeditada al tiempo que les tomara realmente la ida por la vuelta, la cual, en no pocas ocasiones, estaba signada por la voluntad meteorológica de las estaciones del año.

La vestimenta del arriero consistía en un par de viejos y sucios pantalones de kaki, dos pares de medias (uno sobre el otro) de gruesa lana cruda, tejidas por las mujeres de la finca, unas cotizas de cuero amarradas a las pantorrillas con trenzas de cuero de vaqueta, una gruesa cobija de lana que los protegía de la lluvia y del frío inclemente y un sombrero, generalmente de paja, para ocultar la cara del sol que durante la travesía era muy fuerte, aun cuando estuviese tapado por las nubes.

Un día llegó a la finca la noticia de que en la falda de una muy lejana montaña habían visto pastando un toro salvaje que no tenía dueño. Eso significaba que el primero que lo lazara lo podría sacrificar para tomar para sí la carne y las vísceras. Como el animal ya estaba crecido y acostumbrado a la libertad, era muy difícil castrarlo para usarlo como buey para el arado. Su destino era la parrilla del fogón de quien lo encontrara primero. Chui, Chaveto y Catirazo salieron por la mañana muy temprano a ver si divisaban, desde algún alto, al toro pastando. Cada uno llevaba un grueso y largo mecate de sisal con la finalidad de lazarlo desde tres puntos opuestos entre sí para evitar que la bestia los corneara. Luego de dos horas de ascenso llegaron a la cima más alta en la dirección que, según les habían indicado, merodeaba el animal. Afinaron la vista y lo pudieron ver muy lejos, como a cuatro horas de camino. Aparentemente el esfuerzo había sido en vano, pues cerca del toro lograron distinguir un hombre a caballo que llevaba una mula cargada de forraje. Pensaron que como había llegado primero, la bestia le pertenecería al ignoto jinete. Sin embargo, el jinete, de manera muy extraña, prosiguió su camino y se perdió en las montañas.

Los tres arrieros decidieron llegarle al toro y, después de acorralarlo, lograron lazarlo como habían pensado hacerlo. Descansaron esa noche y al día siguiente, halando la bestia, uno desde la retaguardia y dos desde el frente, la arrearon por casi ocho horas hasta la finca, adonde llegaron cerrando la tarde y sin esperar mucho afilaron un cuchillo de carnicero y sacrificaron al enfurecido toro, que por un descuido de Chaveto casi corneó a Pascualina que asistía como espectadora del cruento sacrificio. Los arrieros bebieron de la sangre caliente del toro, comieron las arepas con cuajada que les hizo la niña y se acostaron a dormir en el soberado de carruso en el gallinero.

LA RUECA DE LA VERDAD

En la finca de los Cañizales nunca faltaba oficio por hacer. A media mañana, después de despachadas todas las responsabilidades del desayuno de todos en la finca, de colectar los huevos del gallinero y de ordeñar las vacas y ovejas, doña Vicenta y la niña Pascualina se disponían a hilar con rueca la lana cruda, ya preparada para tal efecto. Tenían dos bultos de lana que habían teñido en días pasados, uno de blanco y otro de negro, que ya estaban secos para el hilado. Se sentaron ambas sobre sendos taburetes, con la altura justa de la posición de cuclillas y comenzaron cada una a darle vueltas a su rueca, con la mano izquierda, mientras desenredaban la lana del bulto con los dedos índice y pulgar de la mano derecha, como deshaciéndola para convertirla en una hebra infinita que iban enrollando en sus respectivas ruecas.

La niña Pascualina llegó a la finca, huérfana de padre, a la edad de tres años, tiempo en el que se llevaron a su madre, Josefa Freitas, a un manicomio administrado por monjas teresianas en la ciudad de Mérida, por estar convencida de ser una enviada divina. Sobre los detalles de aquellos eventos, Pascualina no sabía mucho, salvo que decían que su madre estaba loca. A la señora Vicenta, por su condición de mujer estéril, la llegada de la niña a la finca le dio mucha felicidad. Mientras hilaban en silencio, la señora Vicenta, aprovechando que nadie más rondaba en la cercanía, pensó que era una buena oportunidad para hablar con Pascualina, a quien había notado últimamente muy extraña y dispersa. Observó que la niña se quedaba como hipnotizada, mirando el chorro del fregadero cuando estaba cerca de él. Imaginó que algo podría estar preocupándola y decidió abordarla para averiguarlo y, en tono más maternal que de costumbre, le dijo:

— Te he notado como preocupada. Cada vez que te miro te siento como ida en los pensamientos. Esa mirada me recuerda mucho a la de tu madre Josefa.

— Pero Doña Vicenta, usted sabe que, para mí, mi madre no es otra que usted misma. Yo a esa señora no la conozco y más bien me da miedo pensar en ella, pues, como todos saben, está loca, encerrada en un manicomio, recogiendo del suelo el chimó seco escupido por otros. Si usted lo que me quiere decir es que le parece que estoy volviéndome loca yo también, dígamelo sin rodeos — replicó Pascualina de inmediato.

Vicenta supo de inmediato que era mejor dejar la conversación hasta allí, dado que el efecto de sus palabras había sido certero en el propósito de generar las condiciones para que Pascualina vigilara un poco sus, cada vez más, frecuentes escapes furtivos hacia su mundo interior. Hilaron toda la mañana, sin hablar más, hasta la hora de preparar el almuerzo.

LOS ALZADOS

Los presos fugados de la carretera trasandina estaban organizados para sobrevivir la dictadura en la inmensa vastedad de los páramos, escondidos en grutas y cavernas naturales. Montaban vigilancia desde los altos riscos para prevenir el ataque de los chácharos, a quienes ocasionalmente se les veía a lo lejos, organizados en comandos armados, montados en caballos y asnos para dar cacería a los fugitivos en las montañas. Las distancias eran tan grandes entre el grupo de fugados y sus cazadores, que siempre se tenía el tiempo para huir hacia otro valle o alto de montaña. Había muchos burros salvajes en las montañas a la disposición de los fugitivos, de modo que ellos también andaban montados sobre bestias y a veces saqueaban, armados de palos, a pequeños caseríos para robar los alimentos y las armas de los solitarios puestos de vigilancia militar, apostados para mantener el orden de las poblaciones rurales. El grupo de alzados en el que se encontraba Jacinto González, después de haberse fugado de la cuadrilla destacada en la población de Soledad, estaba constituido por presos fugados, en su mayoría delincuentes comunes y, el resto, presos políticos.

La banda de fugitivos guardaba una estructura jerárquica sobre la cual capitaneaba, en forma vertical e implacable, el temido alias el Calvo, quien había caído preso por varios asesinatos. Nadie se atrevía a contrariarlo. Lo que dispusiera el Calvo había que cumplirlo, so pena de ser ejecutado por los lugartenientes de su alteza. La única manera de imponerse por encima del líder era asesinándolo a traición, lo cual era impedido celosamente por quienes lo apoyaban y gozaban la fortuna de estar cerca de él, aprovechando con evidente oportunismo sus dádivas y privilegios concedidos. Como la penuria no era ni siquiera comparable con el infierno que se vivía en la cuadrilla, la estructura jerárquica del grupo era absolutamente estable. Jacinto González tenía un título de abogado de la Universidad de Carabobo y calificaba como preso político, pues había caído en la cárcel como consecuencia de una riña con un representante de la ley que lo identificó en un conocido burdel de Barinas. En el altercado, el doctor González vio comprometido su orgullo familiar, sustentado por un pasado de privilegios devenidos por su cercanía a la familia del presidente Cipriano Castro, depuesto por el General Juan Vicente Gómez.

El abogado González debía agachar la cabeza dentro de la primitiva organización grupal a la que ahora pertenecía y pensaba muy dentro de sí que de allí, en algún momento, tendría que fugarse por segunda vez. Este último pensamiento se hacía cada vez más tormentoso y estridente, en la medida en que los saqueos a las localidades aledañas al paso de los alzados se hacían cada vez más crueles, llegando al punto de haber llevado a cabo varios asesinatos de chácharos que se les oponían con las armas. Jacinto llevaba ya casi un año en ese grupo de infelices fugitivos, tratando de no ser muy notorio para aumentar las probabilidades de seguir vivo. Por fin tuvo el valor de escapar de nuevo internándose, a pie y solitario, en las montañas; procurando aumentar cada vez más la distancia entre él y los bandoleros. Caminó varios días hasta llegar a los predios del páramo de El Tisure, poco tiempo después de la desaparición de Pascualina. Ya Chui había partido y necesitaban a un nuevo peón que sustituyera la falta del arriero con lo cual, a pesar de las sospechas sobre su origen, no le costó mucho lograr el trabajo bajo el mando de don Simón Cañizales.

EL PECADO ROSA

A los sesenta años, el señor Farabundo se había convertido en una persona muy obsesionada. Su espíritu intransigente se intensificó con la muerte de su primera esposa, y del que sería su primogénito, durante el parto. Se sintió muy atribulado por varios años, hasta que el día del entierro de su anciana madre, doña Florinda, conoció a Rosa, la joven hija de don Rodolfo Espinosa, el dueño de la hacienda vecina y amigo de la temprana infancia.

En realidad, no es que don Farabundo no la conociera, sino que la joven fue totalmente ignota hasta que, de forma insospechada, brotó en belleza y voluptuosidad al cumplir los dieciséis años, frente a los incrédulos ojos de todo San Rafael. Los que tuvieron la fortuna de espiarla mientras se bañaba en el río, jamás olvidaron aquella figura tocada por la divinidad celestial. Su piel blanca como la leche servía de lienzo a unos enormes ojos verdes, que eran celados por una cascada de cabello negro que emanaba desde su coronilla de innata realeza. Lo único que le faltaba a Rosa eran las alas de ángel y no era muy difícil imaginarla con una bata de algodón volando por entre las nubes, rodeada de querubines traviesos. Cuando don Farabundo le pidió la mano de Rosa al señor Rodolfo, ella tenía dieciocho años y se casaron casi de inmediato, sellando una unión marcada por una insoslayable brecha de más de cuarenta años.

Ella, en la flor de su juventud, soñadora y de intachables valores familiares, le abría sus finos pétalos a un agreste y avasallador viejo que jamás pudo llevarle el paso en la cama. Sin embargo, dócil y respetuosa de las más arcaicas costumbres, sabía cómo ocultar sus carencias, al hacerle sentir a su viejo esposo que él la montaba como el más viril de los toros de la hacienda. A lo largo del matrimonio, Rosa le escondió un pequeño secreto a don Farabundo y era que le gustaba beber miche callejonero, encapillada en su habitación, cuando este salía de viaje por negocios a la ciudad — dos días, por lo menos, se ausentaba completamente de la hacienda— . En esas ocasiones, la primera noche después de la partida de su esposo, Rosa se encerraba en su cuarto, se desnudaba para estar cómoda y bebía libremente mientras escribía memorias en un diario en el que llevaba meticulosamente cada detalle de su confinada vida de ninfa del páramo.

El día que don Farabundo partió por los caminos de mulas que lo conducirían, primero a la ciudad de Barinas, en su último viaje hacia Caracas, Rosa ya había conseguido a escondidas una botella de miche macerado en díctamo real y hierba de conejo, destilado en el viejo alambique de cobre de su marido, que lo vendía a sus peones para recuperar el dinero de la paga que les daba al final de la semana. A pesar de que el jefe aborrecía a los borrachos, se aprovechaba de la embriaguez de estos para apuntalar sus ganancias a costa del vicio que sabía dosificar con mucho cálculo, para asegurar que nadie le faltara al trabajo durante la semana y ¡pobre del peón que no supiera respetar esta sagrada regla!, pues era despedido de inmediato.

Rosa pensaba que si su esposo se enteraba de que ella se emborrachaba en su ausencia, él la desterraría de su lado, presentándola como una cualquiera, un asunto que podría desatar una guerra entre las dos haciendas rivales, de modo que nadie podía enterarse de aquella peligrosa travesura. Por eso, cuando se encerraba, cuidaba que nadie pudiera verla por alguna rendija al interior de su habitación, cerrando herméticamente las contrapuertas de la ventana mientras gozaba la intimidad de su espuria libertad.

Cuando don Farabundo se ausentaba, cerraba con tres candados la bodega y no había despacho mientras viajaba. Ese era el motivo que obligaba a Rosa a planear con premura el hurto de la necesitada botella de miche. También debía calcular qué cosas podría requerir de la bodega para que no le faltara nada durante esos días de ausencia del amo, ocultando, previamente, en la cocina la harina, el aceite, la carne seca, el jabón, el café, el azúcar y las velas. Los demás productos podría obtenerlos del establo y del gallinero, pero debía registrar con exactitud en una libreta lo que, en ausencia de don Farabundo, se usaba en la cocina.

Aquel sorpresivo e inesperado regreso de don Farabundo, a horas de la madrugada, causado por un derrumbe sobre del camino de mulas, ya muy cerca de Barinitas, en los predios de la población de Soledad, fue notado con sobresalto por Rosa, cuando escuchó que, desde afuera, su marido, entrada la aurora, abría la vieja y sonora cerradura del enorme portón de madera de roble que guardaba la entrada de la casa. Ya borracha, a Rosa solo se le ocurrió abrir la ventana de la alcoba para deshacerse de la botella tirándola al monte y vestirse de inmediato con su dormilona de algodón blanco, lo cual apenas lograba cuando su marido irrumpía a patadas en la alcoba, después de este haber escuchado cómo las hojas de madera de la ventana de la habitación eran abatidas contra la pared externa de la casa, en el desesperado intento de Rosa por deshacerse de la evidencia. Farabundo, indignado, creyó que su esposa le era infiel y se perdió sin mediar palabra en las montañas.

Rosa escondió los detalles del suceso a todos y se hizo la que jamás volvió a ver a su marido desde que había partido en la mañana del día anterior. No obstante, había algunos detalles que requerían una explicación, sobre todo cuando en el pueblo era un secreto a voces que don Farabundo escondía, en algún lugar de su casa, un cofre con doscientos cincuenta y un morocotas de oro. Por ejemplo, ¿cómo explicar que las bestias con las que había partido el día anterior estaban en el establo y faltaban las otras dos que había arreglado para su travesía? A don Farabundo lo vio y lo saludó el cháchara que estaba de guardia en el telégrafo del pueblo, de modo que tarde o temprano la investigación sobre su paradero terminaría salpicando la existencia de Rosa. El misterio quedó relegado a la lógica deducción de que don Farabundo tuvo que haber partido de nuevo desde su casa en dirección desconocida. El juicio lógico se inclinaba a que alguien lo había asesinado para robarlo y enterró su cuerpo en algún lugar insospechado, pero sin prueba de ello no se podía preparar un acta de defunción.

Pasó el tiempo y don Farabundo no aparecía y, por lo tanto, tendía a considerarse a Rosa como la virtual viuda del desaparecido. Sin embargo, desde el punto de vista de la prefectura de San Rafael, la ausencia de un cadáver imposibilitaba que la hacienda pasara a ser propiedad legítima de Rosa Espinosa. Se desató una incómoda disputa entre la potencial viuda, hija de don Rodolfo Espinosa, quien la respaldaba en el litigio familiar por la posesión de las propiedades de don Farabundo, que a su vez no comulgaba con las maneras del gobierno de Juan Vicente Gómez, y la familia de don Farabundo, que abiertamente apoyaba a la dictadura del Benemérito, que era como la multitud adulante lo llamaba.

Rosa sabía dónde su marido escondía el cofre de morocotas y por eso sabía también que se las había llevado consigo, pues al partir dejó abierta la bodega sin los tres candados con los que solía cerrarla mientras viajaba. De modo que disfrutaba en secreto cómo propios y extraños intentaban probar fortuna, cavando por doquier, tratando de dar con el tesoro de don Farabundo. Pasó el tiempo y la incertidumbre en torno al paradero de don Farabundo y de las morocotas de oro, en cierta forma mantuvo tranquilas las relaciones entre la familia de Rosa y la de don Farabundo, encabezada por su hermano Juan que, en lo profundo de sus pensamientos, sospechaba que Rosa sabía algo que los demás ignoraban.

LA CAÍDA

Parada sobre la roca saliente que se asomaba por encima del sonoro cauce del río en abrumadora crecida, Pascualina miraba hacia el cielo, mientras esculpía con las nubes cumulonimbos que se asomaban en la lejanía, por encima de los picos nevados. Ver cómo se formaban a su voluntad las épicas figuras de su personal repertorio fantástico, le producía, por asombro, la erección de los vellos de la nuca. Era como si su alma hubiera entrado en un estado de plenitud celestial. El río roncaba vibrante, entre las enormes rocas, mientras se desplazaba indómito hacia los llanos de Barinas. Era una enorme masa de agua que luchaba por encontrar la paz en tierras lejanas. Pascualina, parada sobre el risco, jugaba con toda aquella ingobernable majestuosidad, como si modelara con las manos figuras de barro en el cielo hasta que de pronto, distraída por la emoción, resbaló y su cuerpo voló de espaldas al río desde gran altura.

Mientras caía, sentía como si el tiempo se detuviera, convirtiendo cada instante de la caída en una eternidad. Dirigió la mirada hacia la frondosa vegetación que se erigía a ambos lados del río y pudo notar que de ella emanaban ramas partidas y floreadas bromelias que, a mayor velocidad que la de su caída, volaban colocándose bajo su cuerpo en el detenido descenso. Al hacer contacto con el río, lo hizo montada en una balsa tejida de juncos y flores que la llevaron a salvo, como si volara sobre el cauce. Navegó en paz hasta llegar a la tranquilidad de un río que, ya manso, ya sumiso, la depositó suavemente en la orilla a muchos kilómetros de El Tisure, muy cerca de Barinitas.

MILAGRO EN EL CAMPAMENTO

En el campamento de presos apostado en el caserío de Soledad, todos los días transcurrían con creciente fatiga para los reos. Al dar el toque de queda, al no reponer la energía disipada en cada golpe de mandarria sobre la geología rocosa para abrirse camino en la montaña, los presos caían víctimas mortales del cansancio, haciendo de cada amanecer una dolorosa resurrección en un purgatorio terrenal dirigido por los chácharos, las gárgolas de la dictadura. El escorbuto y la tuberculosis se habían llevado a muchos ese año y la tasa de mortalidad entre los presos iba en vertiginoso ascenso. Solo había dos comidas al día, un desayuno en el que servían un potaje de arroz con fororo y un almuerzo en el que, por lo general, servían siempre una sopa de huesos con abundante topocho verde. Durante la noche dormían bajo toldos militares de lona sin encerado. La falta de abrigo distendía entre los presos el rubor de dormir acurrucados a merced del gélido frío del páramo, habiendo algunos que traspasaban el umbral de la moral en el roce de los agotados cuerpos en busca de algo más que el calor del compañero.

Un día llegó la tarde en medio de un copioso e interminable aguacero, que inundó el piso de tierra sobre el cual dormían y lo convirtió en un pichaque de barro. Esa noche la cuadrilla de presos pasó toda la noche en vela. Al amanecer aún llovía en forma despiadada. Después del desayuno los reos fueron llevados al punto donde habían dejado de trabajar la tarde anterior y todos se percataron con enorme sorpresa de que el trabajo había sido adelantado milagrosamente en más de medio kilómetro, sobre enormes rocas e ingentes cantidades de tierra. Lo que había ocurrido en una sola noche mientras llovía a cántaros, era como si la cuadrilla hubiese trabajado sin cesar toda una semana. ¡Milagro!, exclamaron todos. Los chácharos prefirieron callar el evento ante sus superiores para cobrar los créditos del supuesto desempeño de la cuadrilla bajo su mando.

El único inconveniente que trajo el mágico evento para los presos fue el de tener que mudar el campamento inesperadamente hacia un nuevo sitio ubicado más adelante. Desde entonces, lo que se consideraba el trayecto más difícil del trazado de los ingenieros fue cubierto en un tiempo inexplicablemente menor que el proyectado, debido a que cada vez que llovía a cántaros durante la noche el milagro volvía a repetirse, una y otra vez, hasta que los chácharos decidieron vigilar el trazado de la carretera toda una noche de lluvia para ver si podían captar, con sus propios ojos, el milagro en plena realización.

Al día siguiente, durante el cambio de guardia, los chácharos del último turno amanecieron muertos, como embalsamados, tirados en el pantano sobre el trayecto que milagrosamente se despejó durante la noche, aliviando el trabajo de los presos beneficiados por los inexplicables hechos. Sólo quedó un testigo que juró haber visto a una niña deambulando por el lugar con un vestido cubierto de juncos y flores de bromelia. Entonces, la vía desde Soledad hasta Santo Domingo, proyectada para realizarse en un año, la cuadrilla de presos logró despejarla en apenas dos meses por la intervención de la misteriosa y milagrosa benefactora.

EL BACHILLER

El país entero estaba sumido en la ignorancia. Se rumoraba que hasta el mismo Benemérito era analfabeto. En San Rafael solo tres personas sabían leer y escribir, gracias a un bachiller de Mérida, contratado por el señor Rodolfo Espinoza, para que enseñara a leer y a escribir a su hija Rosa cuando ella apenas cumplía los doce años y aún correteaba por la hacienda con su compañerito de juegos, Chui, hijo de Benigno Cruz, el capataz de la hacienda. Los dos tenían la misma edad y, por las tardes, cuando Chui se desocupaba de las tareas que le imponía su padre, se encontraban en el zaguán de la casona y Rosa le enseñaba lo que había aprendido ese día del bachiller José del Carmen Arenas, un señor ya mayor que sabía mucho de todo. Aquellos encuentros eran como un juego para los dos y al señor Rodolfo no le importaba, siempre y cuando los dos estuvieran a la vista de los que entraban y salían de la casona. Así, gracias a la paciencia solidaria de su amiguita, Chui también aprendió a leer y escribir.

Un día llegó el amo Rodolfo de Mérida con una enciclopedia española, que compró nuevecita para su amada hija. Desde entonces, aquellas tardes de escuelita se convirtieron en una verdadera aventura de conocimientos que perduró por muchos años. Chui siempre le estuvo agradecido a Rosa por haberlo sacado del siglo XVIII para adentrarlo, en apenas meses, en el siglo XX. Es decir, doscientos años de conocimientos de la humanidad.

Con el tiempo, Chui, muy en secreto, comenzó a mirar a Rosa con otros ojos, lo cual fue advertido de inmediato por su padre y, para evitar un penoso desenlace para todos, mandó a Chui bien lejos, a la finca de su compadre don Simón Cañizales, padrino de Chui, en el páramo de El Tisure, al otro lado del pico de La Ventana. Esa fue una difícil separación para los muchachos, que no estuvieron al tanto de los motivos que ocasionaron aquel forzado alejamiento. Así, Chui partió con una mula que le regaló su padre, acompañado de dos jóvenes arrieros de la finca de los Cañizales, apodados el Catirazo y el Chaveto, ambos apenas un par de años mayor que él.

El día de la despedida Rosa le dio a escondidas, envuelto en un trapo viejo, el tomo I de la enciclopedia, confiando en que nadie notaría la falta de aquel volumen de la repisa, habiendo acordado que cada cierto tiempo, cuando Chui viniera de El Tisure a buscar enseres para la finca de los Cañizales, ella le cambiaría ese por otro tomo, para que poco a poco los leyera todos en El Tisure.

Así hicieron por varios años, hasta que el canje por el último volumen, el número XX de la enciclopedia, coincidió con la noticia de que Rosa se iba a casar con don Farabundo. A Chui no le importó mucho saberlo, pues poco a poco su corazón había sido invadido por la niña Pascualina, la criada de los Cañizales.

RUMORES DESDE SAN RAFAEL

Después de su llegada a San Rafael, el bachiller José del Carmen Arenas logró quedarse con el cargo de telegrafista de la compañía de Telégrafos Federales. El Benemérito había comprendido muy bien la importancia de los telégrafos para controlar los alzamientos en contra de su dictadura, por eso diseminó oficinas de telégrafo por todo el país, para que lo mantuvieran informado de cualquier novedad. A través de ellos ya tenía conocimiento de las esporádicas fugas de los presos de La Rotunda, en el paso de los Andes, destacados en Soledad, más arriba de Barinitas. Llevaba muy bien la cuenta de los partes emanados de las respectivas comandancias que dirigían el trabajo de los presos, abriendo a mandarria pura la carretera trasandina desde Barinas hasta los estados Trujillo y Mérida. En los tres años de trabajo adelantado ya superaban el número de treinta los fugados y, a diferencia de otros lugares del país, no se había logrado recapturar a ninguno de ellos, debido a las difíciles condiciones climáticas y geográficas imperantes en los picos andinos, predios en los que, se suponía, se estaban ocultando con éxito los fugitivos.

El señor José estaba muy atento a cualquier información que pudiera significar su ascenso en las oficinas gubernamentales, de modo que había hecho muy buenas migas con el prefecto de San Rafael, un cháchaavero llamado Benigno Cartaya, quien debía enviar cualquier información disonante hacia el cuartel general de Maracay. Los rumores de que un fugado había llegado a El Tisure alcanzaron los oídos de don José, pero se abstuvo de comentárselo al prefecto hasta no tener mayor certeza del asunto. Tal certeza devino cuando el Catirazo y el Chaveto, que estaban de paso en San Rafael en busca de harina y panela para llevar a la hacienda de los Cañizales, en una borrachera de miche largaron el chisme en presencia de don José. De inmediato se dirigió a la prefectura, a pocos metros de la oficina de telégrafos, y le recomendó al cháchaavero que informara de ello al cuartel general. El señor Benigno, tosco e ignorante, le pidió que fuera él quien enviara un telegrama, lo cual hizo esa misma tarde:

«FUGADO DE LA ROTUNDA UBICADO PUNTO ENVIAR PELOTON DE CAPTURA PUNTO REMITE JOSE DEL CARMEN ARENAS PUNTO»

Se necesitó un par de semanas para que llegara el siguiente telegrama a la solitaria oficina de telégrafos de San Rafael:

«PELOTON EN CAMINO PUNTO ORGANIZAR ALOJAMIENTO PUNTO REMITE COMANDANCIA GENERAL DE MARACAY PUNTO»

TRIBULACIONES DE UN FORASTERO

El señor Simón Cañizales, a pesar de ser un hombre de pocas palabras, estaba muy al tanto de todo lo que acontecía a su alrededor. Él estaba seguro de que, a juzgar por la andrajosa apariencia con la que llegó a la finca, el nuevo peón, que decía llamarse Mario, era un preso de la cruenta cárcel de La Rotunda, fugado de la cuadrilla de condenados a trabajos forzados que se abría paso a través de las montañas en la construcción de la carretera transandina. Sospechaba también que ese no era su verdadero nombre y daba uno falso por temor a ser identificado como fugitivo y entregado a las autoridades. Mario tampoco hablaba mucho, prefería pasar por tonto que abrir la boca y disipar la duda. Un día en el que don Simón tejía en el telar que tenía sobre una buhardilla, a manera de atalaya, para divisar a lo lejos la llegada de quienes se acercaban a la finca, mandó llamar al tal Mario para hablar con él. Cuando el nuevo peón llegó al telar, don Jacinto se fijó en las marcas que tenía en las muñecas y en los tobillos, por encima de las alpargatas, y le dijo:

— Usted es un fugitivo. Yo soy una persona amable con los forasteros, pero me gusta saber a quién doy cobijo en mi casa. Esas marcas que usted tiene en las muñecas y en los tobillos lo delatan.

— Es verdad, don Simón, aproveché un descuido de un centinela y pegué la carrera desde Soledad y me adentré en las montañas.

Mario era en realidad Jacinto González, el abogado, y don Simón había notado también desde hacía tiempo, por la manera de expresarse, que era un hombre estudiado e intuyó que era enemigo de la dictadura, la que él también aborrecía discretamente.

— Yo me voy a hacer el loco de tenerlo aquí — replicó don Simón— , pero tratemos de que esto no salga de acá, no vaya a ser que nos caigan los chácharos en la finca. Siga usted con sus ocupaciones que yo haré lo mismo. Que tenga buen día amigo Mario, que me imagino no es su verdadero nombre y, por favor, no me lo diga.

Jacinto abandonó el telar, aliviado después de la conversación, y se dirigió al horno de leña donde estaba moldeando a mano tejas de arcilla, para cubrir el techo de un nuevo cuarto que estaban construyendo en la finca para alojarlos a él y a los otros dos peones de la finca, el Catirazo y el Chaveto, y así dejaran la pestilencia y los bichos del soberado del gallinero. En el tiempo que tenía viviendo en El Tisure, había trabajado duro en el anexo que, desde su llegada, don Jacinto ordenó construir; empezando por cortar y traer el carruso desde lejanas riberas de la quebrada que pasaba por la finca, hasta colocar piedra sobre piedra en las paredes de tapia que don Jacinto había diseñado para la realización del nuevo cuarto. A diferencia del trabajo en la carretera, abriendo a pico y mandarria la piedra que se atravesaba en el trazado de la vía, aquí gozaba de libertad, buen trato y hasta un modesto sueldo de un real a la semana y, como le daban alojamiento y comida, el dinero lo podía ahorrar. La tranquilidad del paisaje le proporcionaba un ambiente adecuado para la reflexión personal y pensaba lo afortunando que era por haber llegado a El Tisure para poder conocer a gente tan bella y sabia. Supo de la relativamente reciente desaparición de la niña Pascualina y de la ida de Chui, su antecesor, por el despecho que ese horrible evento le causó. El doctor Jacinto González sabía que, tarde o temprano, tendría que abandonar aquel hermoso lugar y se preparaba mentalmente para la partida.

EL CALVO

Aunque muy pocas personas lo sabían, su verdadero nombre era Ramón Alí Araque. Él, como todo fugitivo, prefería que lo llamaran el Calvo, para disminuir la probabilidad de que cuando usara su nombre real lo asociaran de inmediato con su perfil de malhechor fugitivo. El Calvo era oriundo de la ciudad de Valera. Allí, habiendo quedado huérfano a la edad de siete años, después de que la tuberculosis se llevara a sus padres, él y su hermana Carmen Julia, dos años mayor, crecieron en un orfanato administrado por monjas de la orden teresiana. Desde muy chico mostró ser muy rebelde y poco después de cumplir los once se fugó del orfanato, dedicándose por completo a delinquir. Su hermana Carmen Julia permaneció atada a la orden de la Virgen Santa Teresa del Niño Jesús, tras recibir los hábitos a la edad de dieciocho años y ser enviada como novicia enfermera a un manicomio de la ciudad de Mérida, también administrado por la misma orden de monjas. Ramón Alí no volvió a ver a su hermana sino muchos años después, en circunstancias muy curiosas.

Al final de su adolescencia se unió a una banda de asaltadores de caminos que logró hacerse de un gran lote de armamento que era trasladado desde Valera por un convoy de soldados para abastecer un destacamento asentado en el caserío de Chachopo. Después de asesinar a todos los soldados del convoy, sin dejar ningún cabo suelto, escondieron en una cueva de las montañas vecinas cincuenta fusiles alemanes marca Mauser, muchas municiones y gran cantidad de explosivos que habían sido importados por el general Gómez, en enormes cantidades, con los recursos provenientes de las concesiones entregadas a las transnacionales petroleras, las cuales se quedaban con el noventa y ocho por ciento de las ganancias totales de la explotación del petróleo, mientras que el estado venezolano solo percibía el miserable dos por ciento restante. No obstante, esa pequeña fracción de recursos, en términos absolutos, significaba una enorme cantidad de dinero que permitía al Benemérito armar hasta los dientes a su ejército y pagar buenos salarios a sus militares para garantizar su oscurantista gobernabilidad.

Una vez devenida la deposición del presidente Cipriano Castro, el país había sido pacificado casi por completo; sin embargo, quedaban incómodos reductos de alzados, escondidos en la indómita vastedad de los andes venezolanos y el más codiciado objetivo del general Gómez era no dejar ni un solo alzado vivo en todo el país. Para ello era imprescindible, además de armar a su ejército, darles mayor movilidad a sus tropas en tan intrincado territorio. De modo que la carretera trasandina formaba parte del plan global de pacificación del dictador.

Después del referido asalto, la banda a la que pertenecía Ramón Alí fue emboscada en otra fechoría por unos soldados y él fue el único sobreviviente. Afortunadamente nunca lo asociaron con el robo del armamento y fue enviado a La Rotunda, condenado a veinte años de trabajos forzados. El mote de El Calvo lo adquirió en la cárcel, pues allí se le manifestó, de repente, una alopecia que no le perdonó ni un solo pelo de la cabeza. Posterior a su fuga en el pueblo de Soledad, cuando formaba parte de la cuadrilla de presos que iniciaron los trabajos de remoción de las piedras y escombros que iban dejando las mandarrias de los desafortunados reos, Ramón Alí, El Calvo, al mando de cincuenta alzados planificaba llegar a las armas que hacía unos años había escondido en una cueva en las montañas de Chachopo.

EL REGRESO A EL TISURE

Durante el invierno, Pascualina estuvo muy ocupada tratando de ayudar a los presos adelantándoles, con su mágico poder y durante las madrugadas lluviosas, el trabajo de romper con la mandarria y el cincel las enormes rocas que se interponían entre ellos y el trazado original de la carretera trasandina. Desde la entrada de su cueva a la orilla de la quebrada, camuflada en su rústico vestido tejido con juncos de bromelias, podía ver las atrocidades de los chácharos durante cada jornada. Reconocía el camión que se llevaba los muertos de cada semana y el que traía nuevos reos para sustituirlos. De pronto cayó en cuenta de que mientras más rápido avanzaba la carretera, más cerca estaba el final de una era y el comienzo de otra para la vida de los pueblos del páramo. Por una parte, pensaba ella, eso sería bueno porque facilitaría la llegada del progreso, pero, por la otra, ese progreso traería consigo el final de la magia del páramo. Ese progreso venía con un sello de intransigencia militarista, personificada en los chácharos que llegarían a gobernar con mayor poder que el que ya tenían, en los distantes pueblos cubiertos de neblina y misterio. Pronto lo dominarían todo; acabarían con la dignidad de quien, a distancia, no sentía que vivía en un país oprimido por la dictadura. Sin la carretera, su gente trabajaba la tierra y vivía de ella, sin importar quién era el presidente. Ellos eran los felices marginados de un país que había hecho de su terruño de paz un lugar para los sueños. Ahora esos sueños dependerían de cómo ellos se adaptarán al engranaje de las jerarquías impuestas desde lejos.

Pascualina decidió que debía intentar regresar sobre sus pasos, subiendo por la quebrada, al lejano Tisure y dejar de intervenir en el ritmo de las cosas, para esperar paciente la irrupción de lo desconocido. Ya extrañaba a la señora Vicenta y a su esposo, don Simón Cañizales. Había estado durante cuatro años perdida en su aventura de heroína de las lluvias habiendo dejado su huella legendaria en los lugares donde, de manera oculta, utilizó sus poderes para ayudar a otros, sin que éstos lo sospecharan. Solo en una oportunidad un soldado la sorprendió parada bajo la lluvia y eso bastó para sembrar el origen del mito de la Virgen de las bromelias.

EL SALVADOR

En su casa paterna, en predios de la hacienda de don Rodolfo Espinoza, Chui Cruz, hijo de Benigno, el capataz, pasaba una resaca de varias semanas de embriaguez, luego de su regreso a San Rafael después de la misteriosa desaparición de Pascualina en El Tisure. Benigno, paciente y comprensivo, no intervino en ninguna de las penosas escenas de borrachera en las que su hijo iba dejando una estela de chismes y cuchicheos en San Rafael, pues comprendía perfectamente el motivo del profundo despecho de su hijo.

Un día, al fin, se decidió a hablar con Chui para hacerle una propuesta que, pensaba, podría servir de antídoto para mitigar la pena que embargaba a su primogénito. Esa mañana esperó hasta que, cerca del mediodía, su hijo se levantara del catre para lavarse la pea en la quebrada y lo acompañó. Mientras se lavaba la cara en la gélida agua que manaba gentil de la quebrada hasta sus manos, don Benigno le decía:

— Tu amiga Rosa está teniendo dificultades con el manejo de la finca de don Farabundo después de que se perdió en la montaña. Necesita de alguien de confianza que la ayude a administrar la bodega y el resto de los negocios que tenía su esposo.

Hubo silencio por unos segundos, mientras Chui se enjuagaba la boca con sal hasta que, finalmente, contestó:

— Si, supe de eso cuando llegué, la gente no hace sino hablar chismes. Parece que la familia de don Farabundo tiene sospechas de Rosa en cuanto al paradero del su marido. Yo ya había pensado en ir a visitarla y…quién sabe… veremos qué me dice ella.

Ese mismo día, después de tomar una reconstituyente sopa de verduras con huevos, Chui se dirigió a la finca de su amiga, a quien encontró en el patio central barriendo la bosta de los caballos, que recién se habían ido de la finca a buscar faena. Chui traía bajo el brazo el último tomo de la enciclopedia, que a lo largo de los últimos años Rosa se había preocupado por hacerle llegar, uno a uno, a su amiguito de infancia, para cultivar su intelecto e hizo que Chui se convirtiera, inesperadamente, en un erudito. Sabía de todos los temas que la extensa enciclopedia ofrecía en su contenido. Era muy bueno en matemáticas y hasta había profundizado en temas relativos al estado del arte de las ciencias naturales de la época. Era un profundo admirador de Nicola Tesla y le gustaba experimentar con cualquier cosa. Una vez de haberse saludado sin esconder la efusividad que disparaba el encuentro, los dos amigos se pusieron a hablar por largo tiempo, sentados en un banco de madera frente al portón de la casa, pero lejos de las demás personas presentes en la finca. Ella le confesó los detalles de aquella fatídica madrugada en la que su marido llegó de imprevisto y, después de sorprenderla borracha y desnuda en su cuarto, se retiró al establo, ensilló otro caballo y se llevó una mula cargada de aperos por el camino de la montaña. Chui le preguntó por las morocotas y Rosa le respondió que su marido se las había llevado consigo. También le pidió que le dijera cuándo había sucedido todo y ella le reveló que todo había sucedido tres años atrás, durante la madrugada del primero de junio. Chui se quedó pensativo, sacando algunas cuentas, y pudo establecer que, precisamente en esa fecha, él y sus dos amigos, Chaveto y Catirazo, estaban buscando un toro salvaje que se había adentrado en la montaña. También recordó que al divisar en la distancia a la bestia, vieron, montado a caballo y halando una mula cargada, a un jinete que no pudieron reconocer. Así, después de un largo silencio, en el que ambos saboreaban el último sorbo de un café que les habían llevado, Chui dijo en tono muy bajo:

—— Creo saber dónde están las morocotas

LA ENCOMIENDA

Cuando internaron a la señora Josefa Freitas en el manicomio, Vicenta y Simón Cañizales quedaron al cuidado de su pequeña hija Pascualina y cargaron desde entonces con el compromiso moral de hacer lo más cómodo posible el confinamiento de la paciente psiquiátrica en la institución teresiana donde fue recluida. Todos los meses le enviaban dos fuertes de plata para cubrir el alojamiento y los gastos personales de doña Josefa, a través del informal servicio de encomiendas que el bachiller José del Carmen Arenas ofrecía a los lugareños de San Rafael cuando él, todos los fines de mes, aprovechando sus influencias para viajar escoltado por los chácharos de la prefectura del pueblo, bajaba a Mérida en busca de provisiones para la prefectura y su personal militar.

El bachiller cobraba el diez por ciento de las encomiendas de dinero y viajaba cómodamente en el carruaje militar blindado, tirado por burros, que era destacado para la movilización de lo que fuese necesario trasladar desde San Rafael a Mérida y viceversa. Viajaba acompañado por cuatro chácharos a caballo, mientras él iba al lado del conductor del carruaje. Generalmente a don José lo esperaban en el mercado quienes ya sabían de la encomienda mediante el aviso de un telegrama que él mismo enviaba desde San Rafael en su condición de telegrafista del pueblo. Había solo una encomienda que él llevaba gustosamente a su destino y era, precisamente, la de los Cañizales al manicomio, metida en un sobre de papel con cierre engomado. El motivo de su incumbida gentileza para con los Cañizales estaba en el creciente interés, que a lo largo de tantas entregas, le había causado la esbelta y grácil figura de sor Carmen, la dulce monja de cuyos cuidados dependía Josefa Freitas, recluida en el pabellón de los enfermos mentales provenientes de las familias adineradas, principal fuente de financiamiento de la institución de caridad. Don José se había enamorado de manera platónica de aquella novicia y soñaba poder cautivarla, hasta el punto de provocar que abandonara los hábitos para casarse con él. Todo no pasaba de ser una romántica fantasía, hasta que un día se insufló con el valor de escribirle una carta para revelarle sus añoranzas. Ese día la llevaba consigo y estaba dispuesto a correr el riesgo de entregársela, so pena de que la vergüenza que le produjera su rechazo le obligara a tomar la decisión de desistir en su esfuerzo de conquistarla. Su corta misiva decía:

«¡Oh luz de mis cavernas! ¡Que Dios me perdone! Deja que este mortal se pueda acercar tan solo un poco a tu corazón. Dame una señal de que, como cervatillo asustadizo, no huirás ante esta osada confesión de mi alma en pena desde que te vi por primera vez.

«Tuyo, Br. José del Carmen Arenas».

Cuando llegó al manicomio, le entregó los dos sobres a sor Carmen y se fue ruborizado, sin despedirse de la ninfa de sus sueños.

LOS CHÁCHAROS SE APERSONAN

Una vez que en el cuartel general de Maracay se recibió la información telegráfica de que en El Tisure se enconchaba un preso fugado de la cuadrilla de reos condenados a trabajos forzados, de inmediato se giraron instrucciones para la organización de una patrulla de captura, la cual estuvo a cargo del teniente Patricio López Bustamante, de Maracay, a quien se le ordenó trasladarse primeramente a Soledad, para allí conformar la escuadra con chácharos, conocedores de las montañas y, por lo tanto, expertos seguidores del rastro de presos fugados. Una vez en Soledad, organizó su equipo de cinco chácharos, además de él, y partieron a caballo hacia San Rafael, armados con fusiles y pistolas. Ese destino había sido el punto de origen del telegrama que puso todo en movimiento. Llegaron al puente de la Mucuchache donde, convenientemente, en un telegrama posterior se acordó que llegaría la patrulla armada y pasaría al menos dos noches mientras terminaban de organizar la partida hacia El Tisure. Entre San Rafael y El Tisure se interponía el pico de La Ventana, de más de cuatro mil metros de altura y cerca de cinco horas de camino en mula.

Partieron de mañana, después de haber pernoctado tres noches en carpas militares a la orilla del río, al lado del puente de la Mucuchache. Durante esos días el bachiller José del Carmen Arenas se desvivió en adulantes atenciones para con los miembros de la patrulla, que iban desde asados de ovejo hasta las más suculentas sopas de los Andes. Por supuesto, no podía faltar el miche callejonero que aún se destilaba en la finca del desaparecido Farabundo, macerado en hierba de conejo y díctamo real. El bachiller en su empalagante codicia solo buscaba llamar la atención de quienes, en Maracay, detentaban poder suficiente para hacer avanzar la goleta de sus ambiciones hacia derroteros de mayor autoridad y riquezas.

Cuando por fin llegaron a La Ventana, podían divisar hacia el otro lado del pico un largo camino que descendía y se perdía en la neblina. Don Simón Cañizales, como siempre, estaba sentado en su telar de la buhardilla, tejiendo una cobija de hebras blancas y negras con una trama de rombos que él llamaba ojos de gato. Ya terminando la tarde distinguió que a media hora de camino venía bajando un grupo de gente a caballo que no tardó en identificar como soldados.

— ¡Viceeeeeeenta! — gritó— , dígale a don Mario que corra a esconderse quebrada abajo, que por ahí vienen los chácharos a llevárselo preso.

Mario, quien estaba llegando de buscar leña en el pantano, escuchó el grito de don Simón y veloz empacó todas sus cosas en una marusa y salió corriendo en la dirección sugerida por su anfitrión. Corriendo a grandes zancadas, Mario, quien en realidad era el doctor Jacinto González, se perdió quebrada abajo y al cabo de una hora de paso acelerado, por senderos de difícil acceso para los caballos de los chácharos, decidió detenerse para ver si lo venían siguiendo y se acercó a la quebrada para beber agua. De pronto, en una mirada hacia la maleza, creyó haber visto muy cerca unos ojos que lo observaban, pero no lograba ubicar desde dónde, así que puso más atención hasta que logró distinguir, camuflada en el monte, a una mujer vestida de juncos de bromelia. Se trataba de Pascualina, que regresaba subiendo la quebrada en dirección a El Tisure.

FARABUNDO CÓSMICO

Se lanzó al vacío y sintió cómo cada hebra de la soga se estiraba hasta alcanzar la tensión máxima y hacer que el lazo le partiera el cuello. Sin poder respirar, convulsionó hasta morir, colgado apenas a un palmo de la rosa que había sembrado al pie del árbol. A partir de su último suspiro, su cuerpo bamboleante comenzó de inmediato a entrar en el reino de la putrefacción. Abajo, las raicillas de la rosa germinaban, penetrando distancias infinitesimales, buscando sostener mejor al pequeño tallo que crecía como tratando de ir al encuentro de los pies del ahorcado. Por otra parte, desde la rama de la cual pendía don Farabundo, las hormigas iban al encuentro de la soga para bajar por ella hasta llegar al cadáver, cubriéndolo por completo al compás de un microscópico cataclismo de millones de patitas que marchaban por encima de cada pliegue de la piel y de las ropas de don Farabundo. Desde el aire se avecinaban los zamuros en helicoidal vuelo hasta posarse sobre los hombros del ahorcado para comerle los ojos brotados por el apretón de la soga. Cerca de veinte zamuros picoteaban la piel expuesta del occiso, en las partes donde habían logrado asirse al cuerpo para participar del exquisito banquete.

A la semana no quedaban sino rastrojos de piel seca que difícilmente lograban mantener unido el esqueleto desnudo que se movía a voluntad de viento, como bandera de una cruzada mortal hacia el más allá. Al mes, un casal de venados copulaba bajo el árbol del ahorcado, mientras los gorriones traviesos revisaban la cavidad craneal de la calavera para anidar. Mucho tiempo después, un oso frontino intentaba trepar el tronco del árbol para bajar de un zarpazo un brote de piñuela que parasitaba el follaje del árbol y deleitarse chupando el dulce néctar de su interior. La rosa se convirtió en un frondoso rosal cargado de infinidad de rosas rojas, y sus espinas se adueñaron del esqueleto que pendía paciente a la llegada del fin de los tiempos. También la pala que don Farabundo utilizó para cavar su entierro de morocotas quedó cubierta de follaje, bien oculta a la mirada de extraños. Las treinta truchas que el finado interpuso entre las morocotas y la rosa que sembró sobre ellas cumplieron bien su cometido de nutrir el sano y frondoso crecimiento del rosal, convirtiéndolo en un arbusto que superaba la altura de la calavera colgada. Cuando la soga se pudrió y se rompió, el cadáver quedó integrado solidariamente al rosal, haciendo difícil distinguir que, ensartado entre sus ramas y espinas, había un esqueleto oculto por el nutrido follaje de rosas rojas.

Por fin llegaron al pie del árbol el Calvo y su pelotón de cincuenta bandoleros, buscando una guarida lejos del ejército de chácharos que los perseguía desde hacía días. Ya los rebeldes habían logrado hallar el armamento y las municiones ocultos en las montañas de Chachopo y se preparaban para dejar de huir y enfrentar a los soldados en una batalla a muerte. Esa noche prendieron una fogata y comieron conejo asado bajo el árbol del oculto ahorcado y pernoctaron mientras don Farabundo les cuidaba el sueño.

EN BUSCA DE LAS MOROCOTAS

Chui le explicó a Rosa que el mismo día que se había perdido don Farabundo, él, con sus amigos Chaveto y Catirazo, estaban tras la pista de un toro salvaje y desde gran distancia pudieron ver a un hombre a caballo, acompañado de otra bestia cargada. De acuerdo con conversaciones previas con don Simón Cañizales de El Tisure, por esos lados el mismo don Simón descubrió una laguna solitaria, que llamó El Fafoi y la sembró de truchas hacía muchísimo tiempo. Chui imaginó que por ese derrotero podría estar el desaparecido Farabundo y, si algo le había pasado, alguna pista encontraría de su paradero. La familia de don Farabundo desconfiaba de Rosa y alentaba al chácharo prefecto de San Rafael, Benigno Cartaya, para que profundizara las averiguaciones, pero este le dio largas durante años. Juan, el hermano de Farabundo, estaba más pendiente de las morocotas que del paradero de su hermano perdido, y era quien más incomodidades le había producido a su cuñada Rosa con la desaparición. Había llegado incluso a conspirar, tras bastidores, para que se la llevaran presa, pero por la falta de pruebas que la vincularan con la disipación de don Farabundo, no había podido lograr su objetivo de encerrar a la sospechosa.

Rosa y Chui planificaron para que él saliera, en el más hermético secreto, en busca de alguna pista de don Farabundo, por allá donde había sido divisado por Chui más de tres años atrás. Efectivamente, una madrugada lluviosa partió Chui a caballo y se internó en las montañas, bajo el cobijo de la neblina que lo acompaño por más de un día de camino, hasta llegar, rompiendo el atardecer, al lugar donde creyó haber visto a don Farabundo. Allí se detuvo y decidió pernoctar. El día siguiente amaneció despejado y un radiante sol lo calentaba todo. Escuchó un disparo a lo lejos y al dirigir su mirada en esa dirección, vio el hilo de humo de lo que podría ser una fogata. El disparo lo alertó para acercarse con sigilo al lugar del fuego encendido. Tardó un par de horas en llegar y con mucho cuidado de no ser visto se subió a una colina desde donde pudo divisar un gran grupo de hombres que cocinaban un venado que acababan de desollar y que, probablemente, había sido el motivo del disparo. Todos estaban armados y por eso decidió permanecer oculto. En el lugar de la fogata pudo ver un enorme rosal que se erguía delante de un enorme árbol, bajo el cual descansaban todos los hombres en torno al fuego. Pasó todo el día oculto y cuando oscureció se acercó al campamento para escuchar lo que aquellos hombres decían, hasta que pudo escuchar que uno de ellos hablaba del esqueleto dentro del Rosal. Parecían burlarse de quien se había llevado tremendo susto al descubrir, mientras orinaba, que dentro de follaje del rosal estaba oculto un esqueleto.

AUTOFLAGELACIÓN

Desde que el bachiller José del Carmen Arenas le había dado aquella carta escrita de su puño y letra, el corazón de sor Carmen quedó tocado para siempre. Desde entonces una palpitante angustia la consumía diariamente, mientras cuidaba de Josefa Freitas. Se imaginaba como esposa del señor Arenas en una casa muy bien arreglada, con sirvientes y muy lejos de la sumisión absoluta a los hábitos religiosos. Aunque eran solo sueños, sabía que, ante la vigilancia de Dios, nada estaba oculto y tarde o temprano debía confesar su pecado de soñarse despierta ofreciéndose a un esposo diferente de Cristo. El sentimiento de culpa fue creciendo hasta que, presa de vergüenza, le confesó a la madre superiora todo cuanto había pasado entre ella y el señor Arenas. Todo el pecado estaba en su mente y mientras más pensaba en ello, más profunda y oscura era la mazmorra mental en la que se adentraba.

La madre superiora la escuchó en silencio y al final de la confesión le recomendó separarse de la paciente Freitas y asumir labores propias de la administración del manicomio. Además, le entregó un cilicio que guardaba en un bolso escondido bajo el hábito, para que a partir de ese momento expiara sus culpas con dolor, ajustándose aquel macabro dispositivo en torno a uno de sus muslos. A sor Carmen no le importó lo del aislamiento, pues la propuesta siempre significaba menos sacrificios que los asociados al cuido de una confinada del manicomio. Sin embargo, con el tiempo, le había agarrado cariño a doña Josefa y en algo le dolía dejarla a cargo de otra, después de tantos años cuidándola.

Al cabo del tiempo, trabajando en la solitaria oficina en la que, además del cilicio en la pierna, llevaba la contabilidad del lugar, su convicción vocacional fue debilitándose hasta el punto de abandonar el uso del regalo de la madre superiora y de ver florecer sus pensamientos de un cambio de rumbo en su vida, marcada hasta ese momento por la devoción absoluta, a una existencia más placentera y terrenal y unida en matrimonio al bachiller Arenas. Una tarde, escondida de la madre superiora, salió del manicomio hacia la oficina de telégrafos y desde allí le mandó un telegrama al bachiller Arenas:

«VENGA A BUSCARME EN POSADA LOS DELFINES PUNTO SOR CARMEN».

Ya fugada del manicomio, con algunos ahorros procurados a escondidas, se mudó con pocas pertenencias a la posada Los Delfines para esperar que su épico caballero la salvara. Aunque el fugarse de la orden eclesiástica no era delito alguno, ella así lo percibía y comenzó a recordar a su hermano, el delincuente Ramón Alí Araque. Pensó que jamás volvería a saber de él y nunca imaginó que aquellas historias acerca de un forajido apodado el Calvo, jefe de unos bandoleros en las montañas, narraban las aventuras de su perdido hermano.

No pasaron muchos días para que el bachiller Arenas acudiera al llamado de su amada y la rescatara de la pensión Los Delfines. Ella le exigió que para irse con él tendría que desposarla, y así lo hizo. A pesar de no conocerse, ambos juraban ser el uno para el otro y el amor comenzó a florecer. Después de comprar finos vestidos para la esposa, ambos viajaron a San Rafael y se instalaron en una pequeña finca que el bachiller Arenas le había comprado al señor Rodolfo Espinoza.

LA CORTINA DE AGUA

Una vez llegado a El Tisure, el teniente Patricio López Bustamante, comandante de la expedición de cazadores encargada de buscar un fugitivo del que habían dado aviso a Maracay, mediante el telegrama enviado por el bachiller José del Carmen Arenas, se quedó en la finca de los Cañizales interrogando a don Simón acerca de la persona que vieron salir corriendo, río abajo, cuando iban a medio camino desde La Ventana hacia El Tisure, al tiempo que mandaba a cinco soldados a dar alcance al que podría ser el preso fugado. Don Simón, inteligentemente y como ya había acordado que haría en el caso de que los chácharos llegaran buscando a Mario, no le negó nada al teniente. Le dijo haber notado que era un preso por las marcas de los grilletes en los tobillos y que, además, dijo llamarse Mario, sin mencionar nunca un apellido. De esa manera se quitaba las sospechas de ser un colaboracionista de los alzados y por ser él y su esposa personas de edad, la situación podría parecerle al teniente como la única alternativa que habrían tenido los viejos para preservar la vida ante la irrupción en El Tisure de alguien con prontuario de fugado de La Rotunda.

Don Simón tenía claro que Mario conocía muy bien el camino río abajo y, dado lo escarpado del sendero, quienes lo persiguieran a caballo se verían obligados, tarde o temprano, a dejarlos amarrados a la orilla del río si realmente pretendían darle alcance. Mario y Pascualina contaban con cierta ventaja antes de que los chácharos pudieran llegar a la altura del río en la que ellos se encontraban, parados el uno frente al otro, sin haber emitido palabra alguna desde que Mario descubrió los ojos vigilantes de Pascualina ocultos en la vegetación de la quebrada. Ella le hizo una señal con la mano, indicándole que la siguiera en silencio. Bajaron unos minutos por la orilla del río hasta llegar a un pozo en el que, desde muy alto, una gran cortina de agua caía en cascada por delante de una enorme roca.

Parada frente a la roca, Pascualina fijó la mirada en la cortina de lluvia y esta se apartó a un lado, frente a los ojos atónitos de Mario, descubriendo una entrada que daba ingreso a una cueva dentro de la enorme piedra y que permanecía totalmente oculta para quien mirara la cascada desde el frente de la roca. Le indicó que entrara en ella y él obedeció. Luego ella lo siguió al interior de la cueva y la cortina de agua se corrió para tapar completamente la entrada. Era el escondite perfecto. Desde adentro, aunque turbio y borroso, podía verse lo que estaba afuera de la cueva, detrás de la cortina de agua, sin que nadie sospechara estar siendo vigilado. La cueva apenas tenía lugar para una persona, así que estaban obligados a permanecer en cuclillas, muy cerca el uno del otro. Entonces Pascualina dijo:

—Aquí nos podemos quedar y jamás sospecharán que estamos aquí escondidos. ¿Quién te persigue?

—Me persiguen unos soldados que llegaron a la finca de El Tisure. ¿La conoces?

—Claro que la conozco. Seguramente los soldados llegarán aquí entrando la noche y al ver que tu rastro se pierde en el pozo pensarán que te caíste en el río, te ahogaste y te llevó la corriente. Dormirán aquí, frente a la cueva, y regresarán mañana a El Tisure.

—Ellos vienen a caballo.

—Imposible que los traigan hasta aquí. Tendrán que dejarlos más arriba, amarrados frente al río.

—Y tú, ¿quién eres?

—Pascualina, la criada de los Cañizales

—¿Cómo dices? Ellos te dan por muerta y de acuerdo con lo que me contaron han llorado mucho tu desaparición. Realmente eres tan bella como decían y se sorprenderán verte hecha toda una mujer.

—Es una larga historia…

Permanecieron en silencio hasta que ya cerrando la tarde llegaron los chácharos frente a la cueva, encendieron fuego y se quedaron allí para pasar la noche. Dentro de la cueva, mientras más oscurecía más intenso era el frío y poco a poco, buscando cada uno el calor del otro, terminaron abrazados. Después, además del frío, el deseo se apoderó de los dos y terminaron haciendo el amor y la tierra tembló cuando Mario penetró por primera vez el cuerpo de aquella hermosa mujer de fragancia de vainilla y canela, envuelta en juncos de húmedas bromelias.

Serie «Juan Félix Sánchez»
Fotografías **Jorge Andrés Castillo**

Mérida – Venezuela 1983

LA SERPIENTE DE ASFALTO

Los trabajos de construcción de la carretera trasandina avanzaban diariamente. Desde Valera, Mérida y Barinas, sendas cuadrillas de presos extraídos de La Rotunda se aproximaban a su encuentro en Apartaderos. En el país la tuberculosis hacía estragos: de cada mil habitantes, más de doscientos padecían de esa horrible enfermedad. La situación trascendía lo macabro en las cárceles del régimen. Allí, la mano de obra para la carretera trasandina y otras obras gubernamentales mermaba peligrosamente, de modo que debían ser más efectivos en la caza de nuevos presos para terminar los trabajos, según los sagrados cronogramas fijados por Gómez. La obsesión por apaciguar a los alzados de las montañas andinas era la principal tarea asignada al ejército del dictador, quien financiaba su poderío con los ingresos que recaudaba de las petroleras y éstas, a su vez, alimentaban el nuevo patrón de consumo de las clases más pudientes.

Una burguesía comercial, que importaba automóviles, vitrolas y kétchup, se apoltronaba en el tráfico de influencias y lentamente dictaminaba hacia dónde se dirigían los ingresos de la industria petrolera, sacrificando el desarrollo de la nación y dejando en el abandono al resto de la población del país. El Calvo y sus bandoleros era la más genuina expresión de rebeldía ante la opulencia de un estado que gobernaba para unos pocos, mientras la población se moría de mengua. Para Gómez, la carretera trasandina significaba terminar con los focos de sublevación que se habían asentado en el páramo andino. Ya se tenía información en el cuartel general de Maracay acerca de la ubicación probable del Calvo y le preparaban una ofensiva que lo aislaría de todos los pueblos a los que acostumbraba a saquear en busca de provisiones para su banda de sublevados.

El bachiller José del Carmen Arenas había sido un buen informante del régimen y de pronto una tarde recibió una enorme radio, como regalo del general

Gómez por sus apreciados servicios. Sin embargo, el viento de las montañas llevó a oídos del Calvo que en San Rafael el telegrafista estaba revelando constantemente su posición, gracias a los arrieros que lo veían en la distancia y llevaban el chisme a la oficina de telégrafos, influenciados por un sistema de recompensas ideado por el bachiller para obtener la preciada información.

El Calvo le estaba preparando una sorpresita al tal bachiller para terminar con su adulante empresa delatora de alzados. Esa noche mandó un grupo de bandoleros que viajaron ocultos en la oscuridad para secuestrarlo de su casa en San Rafael. Sin embargo, su esposa Carmen Julia fue tan valiente defendiendo a su marido de los plagiarios, que tuvieron que llevársela a ella también al escondite del Calvo en la laguna del Fafoi.

LA BATUTA DE CRONOS

Cuando aquella noche tembló en El Tisure, eran exactamente las siete y, en ese preciso instante, una megatónica llamarada explotó desde el incandescente núcleo del sol, superando con creces la corona del astro en dirección hacia nuestro ínfimo planeta, desatando una tormenta que a ritmo sideral comenzó a expandirse radialmente, adueñándose poco a poco de cada rincón de nuestro sistema solar. En ese santiamén, Chui, recostado de una piedra y mirando hacia el cielo estrellado, escondido de los bandoleros del Calvo en los predios de la laguna del Fafoi, percibió un leve destello al que confundió con un relámpago. Las líneas del telégrafo chispearon y en algunos sitios se fundió el alambrado, dejando incomunicada a la montaña del pulso eléctrico de Samuel Morse.

Mario, después de vestirse, despedirse efusivamente de Pascualina y prometerle que volvería por ella, salió furtivo por un costado de la enorme roca que los albergaba, mientras ella apartaba con su poderosa mirada la cortina de agua para que él saliera del escondite sin mojarse. Los soldados dormían alrededor del fuego, sobre la orilla de la quebrada, y Mario pudo subir inadvertido hacia El Tisure. Más arriba en la quebrada se topó con los caballos atados de sus cuatro perseguidores. Se los llevó y pasó a escondidas por un lado de la finca para internarse en la montaña, camino a la laguna del Fafoi, de la cual escuchó hablar en alguna oportunidad al Chaveto y al Catirazo, quienes por su parte, al momento del temblor bebían el último trago de una botella de miche, dispuestos a acostarse en el catre que tenían en su nueva morada, en la finca de los Cañizales, construida por ellos meses atrás, con tapia y carruso, con la ayuda de Mario. La señora Vicenta, en la tranquilidad de su cuarto, cosía a mano, a la luz de un mechurrio de aceite, un vestido con las telas que, por encargo de ella, le trajeron Chaveto y Catirazo de San Rafael.

Desde que Pascualina había desaparecido años atrás, doña Vicenta adquirió la costumbre de recordarla cosiéndole vestidos, imaginando que su cuerpo crecía con el tiempo. Si había alguien que sufría aquella misteriosa desaparición, era ella, quien había criado a la niña desde muy pequeñita. Don Simón hablaba con el teniente Patricio López Bustamante, al calor del fogón, mientras esperaban el regreso de los soldados que habían salido a caballo en persecución del reo fugado de Soledad.

A esa misma hora, el grupo de bandoleros que había secuestrado al telegrafista y a su esposa para llevarlos frente al Calvo, llegaba frente a él y al resto de la banda, acampada al lado del rosal dentro de cuyo follaje se pudrió, ensartado entre sus espinas, el cadáver de don Farabundo a pocos metros de la laguna del Fafoi.

En la casa presidencial de Maracay, a las siete de la noche de ese día, mientras el Benemérito miraba, con su edecán a un lado para que le leyera los títulos de los parlamentos, una película muda de Charlie Chaplin, una abrupta incandescencia de la bombilla del proyector fundió el celuloide de la cinta y tuvieron que detener la proyección. En Mérida, al tañido de la última campanada que marcaba la hora séptima desde la catedral, doña Josefa Freitas, en la oscuridad de su encierro en el manicomio, se defecaba —copiosamente— encima. En San Rafael, el cháncharo prefecto del pueblo, don Benigno Cartaya, en compañía de don Juan, hermano del desaparecido Farabundo, tocaban a la puerta de la hacienda de su viuda Rosa para llevársela detenida a la prefectura con la intención de interrogarla sobre la desaparición de su marido.

Desde la llegada de Chui para echarle una mano con la administración de la economía de la hacienda de su amiga de infancia, Rosa, la situación mejoró notablemente luego de que las cosas se habían venido a menos después de la desaparición de don Farabundo.

La vieja planta eléctrica, que funcionaba con un motor a gasoil y que don Farabundo acostumbraba encender los domingos, estaba averiada. Chui logró repararla con su sorprendente erudición y talento para la mecánica, forjada gracias a la asidua lectura de la enciclopedia que el padre de Rosa le compró a su hija cuando era niña, para que aprendiera a leer y escribir bajo la tutoría del bachiller José del Carmen Arenas y que ella, gentil y solidariamente, compartió con su amiguito Chui, enseñándole también a leer y escribir por las tardes, compartiendo con él cada tomo de la colección durante muchos años después.

Otro problema que agobiaba la existencia de su amiga era el llevar en forma ordenada las cuentas del sistema de fichas de peltre, utilizadas por don Farabundo para eludir la falta de dinero de curso legal en tan lejanos e inaccesibles parajes.

En aquel entonces, los dueños de fincas solían sustituir el dinero por unas fichas en las cuales se acuñaba algún distintivo del patrón como, por ejemplo, una reproducción del herraje para marcar el ganado de la hacienda.

La cantidad de fichas puestas en circulación por los obreros de la finca debía ser constante si el número de éstos también lo era. De modo que a cada uno se le repartía el número de fichas que correspondía según su ocupación en la hacienda. El valor del salario mínimo semanal debía corresponder a una cantidad también suficiente para los gastos en comida y miche de cada peón y para algunas comodidades de quienes tenían responsabilidades superiores a las de un peón de finca. Por otra parte, las fichas solo tenían valor en la bodega de la hacienda, por eso era necesario que las cuentas se hicieran correcta y ordenadamente para que, a lo largo del tiempo, el patrón pudiera ver ganancias vendiendo el producto de su finca en la ciudad de Mérida y reponiendo los productos en los anaqueles de su bodega. De esta forma los peones eran cautivos en cada finca y, dependiendo de la humanidad y misericordia del patrón, éstos podían ver aumentar, o no, su bienestar a lo largo de los años que trabajaban para la finca. Don Farabundo era conocido por ser un hombre muy avaro y esa sensación de superación personal de sus empleados no existía, como era sabido que sí la había en las fincas aledañas.

Con la partida del señor Farabundo, la economía de fichas de la hacienda había entrado en el caos y solo fue cuando Chui intervino, que todo recuperó la armonía de otros tiempos.

En estas condiciones, Rosa comenzó a percibir de nuevo el halo de la prosperidad de los negocios que había dejado su marido y a la familia de su esposo le dio por sospechar que la posible viuda había encontrado las morocotas de oro. Sobre todo Juan, el hermano de don Farabundo, se dio a la tarea de conspirar con el prefecto de San Rafael, el chácharo Benigno Freitas, para iniciar un inquisidor hostigamiento a la recuperada gestión que su cuñada estaba ejerciendo sobre los bienes de su marido y que, a todas luces, don Juan pretendía usurpar.

A su favor estaban las misteriosas condiciones en torno a la desaparición de don Farabundo y de ellas se armó una tramoya de intrigas y sospechas en cuanto a que la ausencia del patrón estuviese asociada a su homicidio planificado y perpetrado por la viuda. La perseverancia y la codicia de don Juan fueron tales, que aprovechando la ausencia de Chui, quien en secreto y en común acuerdo con Rosa había salido rumbo al Fafoi en busca del entierro de morocotas, logró establecer las condiciones para su arresto en la prefectura mientras se esclarecían los hechos por parte de las autoridades, encabezadas por el chácharo Freitas, prefecto de San Rafael.

El día anterior había estallado la noticia de que unos misteriosos plagiarios se habían llevado de madrugada al bachiller Arenas y a su mujer, de modo que en el pueblo reinaba la incertidumbre en torno a lo que se conocía como «el estado de derecho» y de las consecuencias que este hecho pudiera tener sobre la cotidianidad del pueblo.

Para colmo de males no había forma de alertar a las autoridades del Estado de lo que acontecía, debido a que el telégrafo no funcionaba porque habían secuestrado al telegrafista la noche anterior y el tendido eléctrico se había averiado misteriosamente en diversos puntos del trayecto hasta Mérida.

Aun cuando faltaban pocos días para que el impulso del progreso llegara al páramo, patente en la inauguración de la carretera trasandina, a lo cual se asociaba mayor circulación de dinero y mercancías por sus vías y, por lo tanto, mayor bienestar y riqueza para sus habitantes, en San Rafael la situación parecía empeorar.

Por su parte, don Rodolfo Espinoza, indignado e iracundo, organizó un grupo de veinte jinetes armados con sendos chopos para asaltar la prefectura y liberar a su hija Rosa, mientras que otros veinte tomaban posesión de la hacienda de don Farabundo, que legalmente le pertenecía a Rosa, para evitar que don Juan y sus secuaces se apoderasen de ella.

Al caer la noche, don Rodolfo dio el golpe maestro: liberó a su hija y tomó la hacienda. En la escaramuza falleció el prefecto Benigno Freitas por los perdigones de un chopo en manos de don Rodolfo Espinoza.

AFORTUNADO ENCUENTRO

Cabalgó toda la madrugada aprovechando la luna creciente. Montaba un caballo y halaba otros cuatro. Todos muy bellos ejemplares, con montura militar. Mario iba al frente de la fila de caballos, mascando del chimó barinés que llevaba en la marusa que sacó a la carrera cuando huyó de El Tisure.

Los últimos años de su vida los había dedicado a la huida y pensó que aquel mágico encuentro con Pascualina en el río tendría que ser presagio de que las cosas estaban por cambiar para bien. Llevaba al dorso la cobija de lana que don Simón Cañizales le dio antes de emprender la fuga. Suspiraba de esperanza al paso de una cabalgata, sumido en la más profunda reflexión.

—Sigue el camino de mulas y no te detengas hasta llegar al Fafoi —fueron las últimas palabras de Pascualina al despedirse.

Nunca imaginó que iba directo hacia el campamento del mismísimo Calvo, a quien abandonó un par de años atrás, también en furtiva escapada. Todavía el sol no se asomaba y mientras silbaba una tonada, de pronto escuchó un siseo a un lado del camino.

—Pssssss, pssss, deténgase varón, por allí no vaya—le dijo una voz que salía del monte.

—¿Quién vive en la oscuridad? —preguntó Mario.

—¡Un amigo! ¡Deténgase! —respondió la voz, mientras se escuchaba el ruido de hierba seca que emitía un cuerpo que salía de un montarral, un poco más adelante en el camino.

Apenas podían verse, pero la amable luz de la luna iluminaba suficientemente aquel encuentro en medio de la más absoluta e íngrima soledad. Para ambos, después de horas de enloquecedor y silencioso monólogo mental, cualquier palabra de un extraño era una bendición.

—Reconocí esa cobija y supe de inmediato que usted venía de El Tisure. Una cobija de don Simón se reconoce a leguas y al verlo acompañado de cinco caballos militares sentí la obligación de, al menos, informarlo de lo que más adelante se iba a tropezar. Me llamo Chui.

—Soy Mario y... sí, vengo de El Tisure. Usted debe ser el Chui que tanto nombran allá.

—Pues sí. Mire usted don Mario, un poco más adelante por este camino, encontrará usted una laguna en cuya cercanía acampan unos alzados, comandados por un calvo, que, desde la distancia, se ve como muy bravucón, de modo que le recomiendo que lo piense bien, antes de presentársele, así como así, sin avisar. Quién sabe qué imaginarán de usted, llegando de sorpresa y de madrugada. Yo mismo tengo varios días aquí escondido, esperando que se vayan para proseguir mi camino hacia la laguna. Además, anoche llegaron unos hombres que el mentado calvo había mandado a San Rafael. A su regreso traían, con las manos amarradas y los ojos vendados, al telegrafista del pueblo y a su esposa. Al parecer, el calvito lo había mandado a secuestrar porque supo que ese señor le reportaba constantemente al ejército, con telegramas, los rumores acerca de la ubicación de los alzados que, en la distancia, los arrieros del páramo era imposible que no detectaran. Lo más curioso del cuento es que la esposa del telegrafista es hermana del señor sin pelo que comanda a los bandoleros. Luego de sollozantes súplicas, la mujer por fin convenció a su hermano de no colgar a su esposo. Ahora lo tienen amarrado de un árbol y ella sigue negociando aún la vida de su marido.

—Y usted, ¿cómo sabe todo eso?

—¿Usted ve aquella colina cubierta de monte? —replicó Chui, señalando más arriba en el camino—. Pues desde allí se escucha todo y no lo pueden ver.

—Escondamos los caballos en un pastizal para que coman y subamos a la colina antes de que amanezca —contestó Mario.

PASCUALINA DE NUEVO EN EL TISURE

Los soldados ya estaban de regreso en la finca de los Cañizales, después de perderle la pista al fugitivo. Habían perdido también sus caballos y recibieron por ello una gran reprimenda de parte del teniente Patricio López Bustamante, jefe de la misión, quien se había quedado esperándolos en El Tisure. Ahora sus hombres tendrían que regresar a pie a San Rafael y él tendría que dar cuenta de su fracaso al frente de la expedición de captura, ante el alto mando de Maracay. Un gran golpe para su expediente militar.

Al día siguiente de la llegada de los soldados, estando estos asoleándose a media mañana en el patio central de la finca y mientras el teniente conversaba con don Simón que traqueteaba los lizos de su telar de un lado a otro, todos distinguieron, a lo lejos, la figura de una mujer vestida con juncos de bromelias y un sombrero de paja que le cubría del curtidor sol de la mañana.

Al llegar, todos salieron a su encuentro y de inmediato doña Vicenta reconoció que quien llegaba era su querida niña Pascualina. Entre risas y lágrimas ambas se abrazaron y entraron a la habitación de doña Vicenta para escuchar de Pascualina el relato de su desaparición, hacía tanto tiempo, después de aquella nevada en la que todos la dieron por ahogada en el río.

Don Simón se quedó en el telar y el teniente bajó al patio para indagar sobre la recién llegada. De sus soldados, uno parecía estar atónito por el evento, mientras el resto hablaba de las raras vestimentas de la mujer. De pronto, el sorprendido soldado pidió permiso para hablar aparte con el teniente.

—Comandante, tengo algo importante que decirle. Usted no me lo va a creer.

—Diga, soldado, ¿qué es lo que tiene que decirme?

—Esa mujer que llegó, ya le he visto antes. ¿Usted recuerda aquellos misteriosos acontecimientos en el campamento de Soledad, en los que amanecía, después de madrugadas lluviosas, con el trabajo más difícil para los presos adelantado como por obra y gracia del espíritu santo? Pues bien, una de esas madrugadas me pusieron de guardia toda la noche para ver si podíamos ver qué o quién estaba adelantándole el trabajo a los presos. Durante aquella madrugada, al principio no pasaba nada, hasta que de pronto, las piedras comenzaron a moverse solas, partiéndose y apartándose. Aquello daba mucho miedo y provocaba salir corriendo. Pues, aquel movimiento de peñonas, en medio de la copiosa lluvia, era obra de esta señora que hoy llegó aquí. Más aún, esa noche, uno de los que estaban de guardia quedó tieso, como embalsamado, cuando intentó darle voz de alto a la misteriosa dama, que vestía tal como hoy.

—¿Usted me está diciendo que esa mujer mató a un soldado en el campamento de Soledad?

—Pues eso es lo que yo pienso. Es decir, mi teniente, la mirada de esa mujer es realmente muy poderosa.

Mientras el teniente y el soldado hablaban en el patio, desde la buhardilla del telar don Simón había escuchado toda la conversación y, de seguidas, bajó y se dirigió al cuarto en el que Pascualina y Vicenta hablaban.

Entrando en la habitación, dijo:

—¡Pascualina! ¡Qué alegría saber que no te pasó nada! Cómo sufrimos tu desaparición Vicentica y yo. Ahora bien, no sé bien qué pensar, pero allá afuera, mientras ustedes estaban aquí hablando, uno de los soldados le contaba al teniente que a Pascualina la habían visto en Soledad durante las madrugadas lluviosas picando y moviendo piedras con tan solo mirarlas. Pero el cuento realmente no es ese. El soldado afirmaba que se piensa que murió un soldado en aquella ocasión por efecto de un embrujo que salía de los ojos de la niña. El teniente no tardará en preguntar por ella y es muy probable que pretenda llevársela para hacer averiguaciones. Yo creo que, lamentablemente, llegaste en mal momento y tendrás que volver a irte. Si preguntan, nosotros diremos que te acostaste y que mañana podrán conocerte. Mientras tanto, prepárate para partir de nuevo esta misma madrugada. Llévate una mula y vístete de una forma menos llamativa, porque de verdad pareces una bruja con esos juncos colgándote por todos lados.

Pascualina estuvo de acuerdo, pues recordó la noche relatada por el soldado, aun cuando no sabía del deceso de nadie por su causa. Pensó que lo mejor era encaminarse hacia el Fafoi cuando todos se durmieran.

Al llegar la madrugada, comenzó a llover intensamente como era propio en esos días de invierno. Ya una bestia estaba preparada en el establo con equipaje y alimento para un largo viaje hacia el Fafoi. Pascualina se puso una camisa y un pantalón de kaki que doña Vicenta le había cosido en su larga ausencia y que ahora podía ver cómo su muñequita, como siempre le decía cuando era niña, los llevaba puestos con tan buen porte, que se sintió orgullosa de la bellísima mujer en la que se había convertido Pascualina. También llevaba una cobija que le dio don Simón, para que la protegiera de la lluvia que se cernía sobre el paisaje esa madrugada.

Cuando Pascualina entró al establo y se disponía a partir hacia el Fafoi, el teniente y los cinco soldados salieron de la oscuridad, bloqueándole el paso bajo la lluvia y pidiéndole estarse quieta. Así, esa madrugada, en medio de la lluvia, en aquel patio empantanado, Pascualina fulminó con su mirada a los seis militares, dejándolos de pie, tiesos como si estuvieran embalsamados, montó su burrita y desapareció, quebrada arriba, por el camino de mulas, en dirección a la laguna del Fafoi.

DESOLACIÓN EN EL MANICOMIO

Luego de la partida de sor Carmen para casarse con el bachiller José del Carmen Arenas, la señora Josefa Freitas, por falta de personal en el manicomio, quedó junto a otros enfermos al cuidado de una enfermera externa durante el día en el pabellón destinado a los pacientes pobres. Eso significó un deplorable cambio en la calidad de vida de la señora. Ahora dormía en una oscura y sucia celda, sobre un hediondo catre de paja y apenas recibía un baño a la semana.

Una vez que el señor Arenas logró su objetivo de casarse con Carmen Julia, la insospechada hermana del Calvo, dejó de bajar a la ciudad de Mérida con su servicio de encomiendas, de modo que quien tuviera que hacer alguna entrega en la ciudad tendría que hacerlo por su propia cuenta. Por eso las remesas que enviaba la señora Vicenta Cañizales desde El Tisure ya no llegaban a la administración del manicomio de las teresianas y se decidió, entonces, recluir a la pobre doña Josefa en el pabellón de menores cuidados y atenciones.

Desde aquel estallido solar que provocó diversos sucesos atmosféricos que terminaron dañando el tendido de alambres de cobre de las líneas telegráficas del páramo, la señora Josefa comenzó a tener pesadillas todas las madrugadas que la hacían gritar y repetir alarmada hasta el amanecer: «¡El cielo arderá!».

De hecho, el estallido de la llamarada desde el núcleo del sol iba expandiéndose parsimoniosamente por todo el sistema solar. El ritmo de la marea solar anticipaba que tocaría la atmósfera de la Tierra en seis semanas a partir del estallido. Nuestro planeta se había convertido en una ruleta rusa en la que la bala electromagnética disparada por el sol coincidiría con una determinada latitud y longitud terrestre que, de acuerdo con la velocidad angular de todos los astros involucrados, el impacto sobre nuestra magnetósfera correspondería a algún lugar ignoto con cenit en el páramo merideño.

Entre las cosas que hablaron Pascualina y Vicenta estuvo presente el tema de cómo trasladar a doña Josefa desde Mérida para que viviera con ellos en la finca hasta que, de repente, don Simón irrumpió sorpresivamente en la alcoba para informar de lo que había oído a los soldados, desde el telar ubicado en la buhardilla de la casa.

Al día siguiente, una vez que Pascualina ya había partido hacia el Fafoi la anciana pareja descubrió en el patio, de pie, los seis cuerpos secos y embalsamados de los soldados, afortunadamente, a media mañana llegaron Chaveto y Catirazo desde San Rafael con seis mulas cargadas de provisiones. Los dos hombres portaban las inverosímiles noticias de que, por una parte, habían secuestrado al telegrafista y a su mujer y se sospechaba que los plagiarios eran unos bandoleros escondidos en los alrededores del Fafoi y, por la otra, que don Rodolfo Espinoza había herido de muerte al prefecto del pueblo. Por la tarde, Chaveto y Catirazo se encargaron de enterrar río abajo los cuerpos de los soldados.

Por todas las noticias que venían del pueblo, don Simón podría prever que en el Fafoi se estaba concentrando una gran cantidad de gente y, asimismo, podía anticipar que don Rodolfo y sus hombres terminarían eligiendo ese destino para esconderse de los soldados que fueran a poner en orden al pueblo.

Ya el día de la inauguración de la carretera trasandina estaba muy cerca, lo que facilitaría el traslado de tropas para la pacificación del páramo, junto con un incierto futuro que el progreso llevaría a las montañas.

EL CASCO PRUSIANO

Como era ya costumbre en la casa presidencial de Maracay, a las siete en punto de la noche de todos los sábados, el general Gómez asistía a la proyección privada de alguna película muda que su equipo de edecanes le seleccionaba. En esa ocasión verían la terrorífica *Nosferatu* del director alemán Murnau.

El Benemérito acostumbraba quitarse las botas de montar, para ver la película en calcetines. Se hacía servir una copa de coñac, acompañada de un puro que le encendían poco antes de comenzar la sesión cinematográfica. El gobernante realmente disfrutaba de esos momentos de distensión y, por lo tanto, era muy estricto en que se respetara el ritual que acompañaba su intimidad durante esas noches.

Una vez que se le servía la copa del exquisito coñac y encendido el fino cigarro, entraba el jefe de edecanes para leerle al presidente el parte militar del día, un resumen de las principales novedades de esa jornada.

—Mi general, permiso para leerle el parte del día

—Adelante, rapidito, ¿qué novedad tiene que reportarme hoy?

—En primer lugar, las respectivas cuadrillas de presos que empezaron los trabajos de la carretera trasandina hace cinco años desde Soledad en Barinas, Chachopo en Trujillo y desde Tabay en Mérida, las tres, están próximas a encontrarse entre el llamado pico del Águila y la laguna de Mucubají. Se calcula que el encuentro tendrá lugar cerca del 21 de julio.

—Programe la inauguración para el 24 de julio, el día del natalicio del Libertador

—En segundo lugar, mi general, parece que en los alrededores de San Rafael de Mucuchíes hay un grupo considerable de alzados. Reportan averías de las líneas telegráficas y hay rumores de que al telegrafista lo secuestraron junto a su mujer.

—¿A quién? ¿Al bachiller?

—Sí, al bachiller José del Carmen Arenas que, en varias oportunidades, nos informó de novedades en el páramo. Además, mi general, también dicen que mataron al prefecto de San Rafael como resultado de un altercado entre las familias más pudientes del pueblo.

—¡Ummmjuuu! ¡Uyuyuy! Eso como que está muy embochinchado por allá. Asegúrese de que para la inauguración tengamos la zona bien controlada, al menos en las cercanías del acto.

—En último lugar, señor presidente, el equipo protocolar manda preguntar si para la inauguración de la carretera va a usar el uniforme de gala con el casco prusiano que le regaló el káiser Guillermo II, para mandarlo a lustrar.

—De ninguna manera, esa gente perdió la guerra, ese casco es muy pavoso.

PANTANOS

El inclemente clima del páramo había curtido de estoicismo la firme personalidad de Pascualina. Desde muy pequeña ya sabía bien cómo lidiar con los traicioneros pantanos que se forman en torno a los frailejones que, como pequeñas fábricas, absorben la poca humedad de los secos vientos de la montaña y la convierten en agua a través de sus raíces en el interior de la tierra, transformando en pantanos los valles que median entre las olímpicas alturas de los escarpados picos que se pierden en la neblina. Caminar por esos valles no era tarea fácil, pues se corría el riesgo de sucumbir, hundido hasta el cuello, en un espeso tremedal del cual era casi imposible zafarse, si una pierna era tragada hasta la rodilla por el barro. A la humedad de los pantanos, aportada por los frailejones, se aunaba aquella que caía de las lluvias vespertinas que a diario bañaban a las cordilleras, algunas veces en forma de copos de nieve que lo pintaban todo de blanco y otras veces, más frecuentes, en largos aguaceros que lo inundaban todo.

Los caminos de mulas, ancestralmente trazados por la sabiduría animal, son la única esperanza para el andariego de caminar a salvo por tan peligrosos paisajes, cuya majestuosidad y belleza hacen bajar la guardia del neófito que se adentre a caminar sin la guía de un arriero experto, para evitarle cualquier descuido que ponga en riesgo la vida.

Además del conocimiento que la cotidianidad de la vida paramera confiere a los habitantes de la montaña, está el sistema de señales dejadas por los arrieros a lo largo de siglos de caminatas en pos de las bestias perdidas en el infinito pastizal. Mojones de piedras, estratégicamente ubicados en el filo de la montaña para advertir la presencia de algún peligro o accidente natural, como lo son los propios pantanos, los animales feroces o, simplemente, para señalar alguna cueva de ancestral uso, en la que se puede pasar la noche a salvo del gélido manto que todo lo paraliza. En ocasiones, en esas cuevas que servían de hogar al arriero, este encontraba utensilios de barro de culturas ancestrales, producto de la sedimentación de hordas indígenas provenientes de lejanos parajes de la cordillera andina, columna vertebral de una cultura milenaria que dejó sus semillas en las escarpadas montañas venezolanas, buscando el agua que escaseaba al sur del continente. Por lo general, antes de que el progreso irrumpiera con su serpiente de asfalto la majestuosidad del páramo, la costumbre entre los arrieros era la de dejar intactos aquellos santuarios milenarios de los cuales el genotipo del andino lleva hoy un enorme componente.

Pascualina, montada sobre su mula, andaba a paso lento hacia la cima. Una vez coronada haría posible divisar, aún lejanos, los valles pantanosos que, conquistados por el paso perseverante de su amable bestia, debía abandonar para adentrarse en un escarpado sendero que finalmente la conduciría al legendario Fafoi, alguna vez sembrado de truchas por don Simón Cañizales cuando era muy joven, pensando en que esos parajes, aún más lejanos que El Tisure, le podrían servir de futura morada en el caso de que su apacible tranquilidad se viera comprometida por la irrupción de indeseables visitantes.

Dada la disposición de la cordillera, si se caminaba hacia el Fafoi desde El Tisure, se pasaba totalmente desapercibido por quien allí estuviera, de modo que el caminante podría sorprender con su presencia a quienes por alguna razón estuvieran morando en sus alrededores. Así que la misma geografía dotaba de estratégico sigilo a quienes se acercaban a la laguna caminando desde El Tisure. Lo mismo le había sucedido, primero a Chui y, posteriormente, a Mario quienes, antes de Pascualina, tuvieron la intención de llegar al Fafoi saliendo del El Tisure.

Ya habiendo pasado el pantano y subiendo por el camino que le dejaría divisar el Fafoi desde lo alto, para luego bajar hasta la laguna y poder acampar en buen lugar, Pascualina sintió un mareo acompañado de náuseas al olor de la bestia que la transportaba y tuvo que apearse del animal para vomitar a un lado del camino.

Chui y Mario habían hecho buenas migas durante los pocos días que llevaban acechando el campamento del Calvo en el Fafoi. Sin embargo, ni Chui le había revelado a Mario su intención de desenterrar las morocotas, que bien suponía estaban ocultas en las raíces de rosal dentro del cual había quedado disecada la existencia de don Farabundo, ni tampoco Mario le había contado nada acerca del mágico encuentro con Pascualina. Ambos habían sido muy cautos en cuanto a qué revelarle y qué ocultarle al otro.

Mientras vigilaban desde su atalaya oculta, pudieron ver muy a lo lejos, bajando del pico de La Ventana, un contingente de cerca de cincuenta jinetes que no continuaron su camino hacia El Tisure, sino que bordearon la ladera evitando los pantanos, torciendo su dirección hacia el Fafoi. Desde esos predios, con toda seguridad, podrían ser advertidos por los centinelas que el Calvo tenía ubicados en estratégicas y naturales garitas de piedra. Se trataba de los hombres de Rodolfo Espinoza huyendo de una eventual reprimenda por parte de las tropas del general Gómez, que pronto llegarían a San Rafael para la inauguración de la carretera trasandina y que al enterarse de la muerte del prefecto Benigno Freitas se enfrentarían en armas en contra de los alzados. En ese grupo de jinetes iba también Rosa, recién liberada por su padre de la cárcel de la prefectura.

Ese día en el que Pascualina se aproximaba al Fafoi, Chui y Mario también la detectaron, sin haberla reconocido en la distancia, mientras se apeaba de la bestia para vomitar. Por las vestimentas de kaki que llevaba puesta, parecía más bien un arriero y, a no ser por la inconfundible cobija que don Simón le había dado para su resguardo de la lluvia, Pascualina pudo haber sido confundida con alguien de indeseable llegada. La dejaron subir hasta que estuvo lo suficientemente cerca de ellos para abordarla de la misma forma que Chui hizo con Mario.

—Psssss,… psssss, ¡buen día amigo!

Pascualina se asustó, pues la sorpresa de verse lejos de alguna fuente de agua en movimiento, que pudiera utilizar para convertir su poderosa mirada en arma de defensa contra potenciales enemigos, la pondría a merced de quien, oculto en la maleza, la saludaba. Contestó amablemente, impostando la voz para hacerla más grave y ocultando su tersa tez bajo el ancha ala del sombrero de paja.

—¡Buen día!

De ambos lados del camino salieron Chui y Mario, quienes al constatar con enorme y efusiva sorpresa que se trataba de Pascualina, gritaron al unísono:

—¡Pascualina!

HACIA LA INAUGURACIÓN

El 19 de julio de 1925 partió el Benemérito Juan Vicente Gómez desde Maracay en un convoy de cuarenta automóviles Ford modelo A, acondicionados para transporte de tropas militares y el Düsenberg presidencial de ocho cilindros, en el que viajaban él y el jefe de los edecanes, el coronel Jacinto Colmenares, conducido por el chofer de confianza de la presidencia, el teniente Clodomiro Sifuentes.

Entre los vehículos que componían la expedición hacia la carretera trasandina, uno estaba destinado al transporte de los efectos personales y las provisiones del general Juan Vicente Gómez durante el largo y aventurero viaje. Todo iba perfectamente embalado en cajas de madera que guardaban todo lo que podría necesitar su excelentísima autoridad durante su ausencia de la casa presidencial.

Aunque el general había decidido días atrás que no usaría el traje de gala, el coronel Colmenares, previendo, como había sucedido en otras ocasiones, que el Benemérito cambiara de opinión a última hora, decidió llevarlo para cubrirse las espaldas ante un probable regaño del testarudo gobernante. Eso implicaba llevar también, en su caja de caoba, el casco prusiano que el káiser Guillermo II le había regalado, casi dos décadas atrás, con motivo de una visita secreta de representantes de la corona alemana, poco antes de la guerra, en un intento de asegurar la exportación del petróleo recién descubierto en el país hacia el imperio austrohúngaro para movilizar los motores de los vehículos militares en la gran guerra que se avecinaba. La comitiva intentaba limar las asperezas entre ambos gobiernos, suscitadas por el bloqueo naval que sufrió el país, con buques de guerra alemanes, durante el gobierno del depuesto Cipriano Castro.

Era costumbre ritual para el protocolo de la realeza y de los altos jefes del ejército en el alto mando militar alemán, dotarlos de un casco, elaborado por un reconocido artesano especializado en la reconstrucción de viejas reliquias de cascos del imperial ejercito romano, como los encontrados en territorio alemán después de la ocupación romana más de diez siglos atrás.

Gozaban de especial predilección, entre los representantes del alto mando castrense del ejército austrohúngaro, aquellos yelmos romanos que cayeron en manos del indomable ejército de guerrilleros teutones de Westfalia, al norte del Rin, que se opuso en todo momento y con probado heroísmo al dominio de las tropas imperiales. Estos yelmos fueron trofeos de guerra celosamente enterrados en las tumbas de hombres de la tribu teutona que habían conseguido matar a algún soldado romano y despojarlos de ellos como testimonio de valentía.

El casco del Benemérito venía acompañado con la certificación legendaria de su sanguinario origen, de modo que una vez reconstruido por el artesano y agregada la punta de lanza de acero pulido en la superficie cenital del casco, este se constituía en un preciado símbolo de guerra para quien tuviera la dicha y el honor de portarlo.

A pocos kilómetros de la posada que albergaría al Benemérito durante las noches previas a la inauguración, un ancestral monasterio franciscano cuya construcción databa de la época colonial, la niebla se apoderó de la carretera, impidiendo la visión más allá de un metro de distancia. Tal impedimento, sumado a la falta de señalización adecuada, causó que el camión que transportaba las pertenencias del general se fuera por un precipicio del cual no se podría distinguir el lejano fondo. Afortunadamente, el chofer y su acompañante lograron saltar a tiempo y se salvaron de no terminar muertos en la quebrada.

La expedición se detuvo para ver si se podía recuperar lo que el vehículo transportaba, pero dada la espesa niebla se decidió dejar para el día siguiente la búsqueda de los efectos personales del presidente, entre los cuales se encontraba el casco prusiano de su excelencia, el general Juan Vicente Gómez.

Durante la madrugada, unos muchachos que arriaban bestias cuando sucedió el accidente y cuya presencia, gracias a la niebla, no fue advertida por los soldados, bajaron hasta el lecho de la quebrada y hurtaron todo lo que pudieron del destartalado camión, llevándose también consigo la caja de madera de caoba que guardaba el apreciado símbolo de guerra.

El miedo ante lo que podría sucederles, en el caso de ser apresados con el botín, hizo que los muchachos huyeran hacia el páramo, después de cargar dos bestias con las pertenencias y provisiones del Benemérito. El destino elegido por los adolescentes fue la lejana y legendaria laguna del Fafoi, de la cual habían escuchado hablar, al calor de la fogata, por los más arrojados arrieros del páramo.

VICENTA BAJA A MÉRIDA

Simón y Vicenta Cañizales acordaron que era menester traer a doña Josefa Freitas de su reclusión en el manicomio, después de un encierro de más de veinte años en las oscuras celdas de la lúgubre institución. Dispusieron que doña Vicenta, en compañía de Chaveto y Catirazo, bajara a Mérida en el carretón de don Francisco, el cual contaba con dos asientos corridos de madera, además del destinado al conductor del carretón; todos protegidos por un toldo de lona contra las continuas lluvias que acompañaban aquellos días los viajes de don Francisco y sus pasajeros.

Partieron de El Tisure muy de madrugada, mientras don Simón se despedía de quienes iniciaban la travesía en el calor del fogón de la cocina, sosteniendo una taza de café: la última que recibiría de su esposa, hasta su regreso, al día siguiente. Ahora se quedaría solo, atendiendo, en ausencia de doña Vicenta, las tareas de la finca que su avanzada edad le permitía.

Doña Vicenta y su escolta remontaron el pico de La Ventana y bajaron hacia San Rafael. Al llegar al puente de la Mucuchache buscaron a don Francisco, le pagaron el flete del viaje de ida y vuelta por el trecho por la carretera trasandina que ya llegaba asfaltada a las inmediaciones del pueblo.

Desde el carretón pudieron ver a los harapientos presos que aún limpiaban de escombros las orillas de la vía, bajo el yugo de los chácharos que los arriaban como animales para acelerar los trabajos. Todo debía estar terminado y pulcro para la inauguración dentro de un par de días, pues ya se había regado la voz de que el Benemérito estaba llegando al monasterio donde le darían posada para los días de su permanencia en el páramo.

Llegaron a Mérida y ya frente al manicomio, doña Vicenta se apeó del carretón y entró a hablar con las monjas para arreglar el asunto de la baja de la señora de la lista de enfermos al cuidado de la institución. Ella misma la bañó, la perfumó y la vistió con un traje amarillo de su confección.

Se veía tan deslumbrante y bonita la señora Josefa, que nadie hubiera sospechado que salía de un manicomio. Su mirada era alegre y su comportamiento muy tranquilo. Hacía todo lo que le indicaban y parecía divertirle la presencia de Chaveto y Catirazo. Cuando se acercó al carretón, frente a la mirada incrédula de todos, los caballos la reverenciaron mientras los gorriones y las palomas revoloteaban a su alrededor al tiempo que se montaba en el carretón. Y así viajaron de regreso al páramo, acompañados de perros y pájaros siguiéndolos, como si se tratara de una reina, hasta llegar a San Rafael, cerca de las nueve de la noche. Vicenta no desfalleció en su intención de llegar cuanto antes a El Tisure y, aprovechando que esa noche no llovería y la luna creciente iluminaba bien el camino, montaron sobre sus mulas y emprendieron camino hacia La Ventana.

Doña Josefa casi no hablaba y cuando lo hacía, emitía solo incomprensibles balbuceos que nadie reparaba en comprender. Fue solo cuando llegaron a la cima de La Ventana que la señora Josefa, montada sobre la mula, señalando al cielo gritó sonora e inteligiblemente:

—¡El cielo va a arder!

Después, todos entendieron que esas eras también las palabras de su constante balbuceo durante todo el viaje, como mascando el aire, mientras mantenía su mirada hacia el cielo y la noble bestia la trasladaba apacible y segura, tratando de hacerle placentero el viaje a su amazona.

Ya temprano en la mañana, Vicenta, Josefa y los muchachos estaban de regreso en El Tisure bebiendo el café que, en esta ocasión, don Simón había calentado al verlos bajar por la empinada cuesta hacia la finca.

Finalmente, dispusieron para que Josefa durmiera en el cuarto de su hija

Pascualina después de la larga travesía, no sin antes comerse una sopa de verduras que doña Vicenta, rápidamente, calentó para todos.

A la salida del sol, cuando doña Vicenta fue a buscar a la señora Josefa, constató con sorpresa que no estaba en el cuarto de Pascualina. La buscaron por toda la finca hasta que Chaveto revisó el establo, percatándose de la ausencia del caballo del finado teniente Patricio López Bustamante y que, a juzgar por el rastro que el animal había dejado, tenían clara evidencia de que la recién llegada se había escapado y se dirigía hacia al Fafoi montada sobre el elegante corcel.

MASACRE EN EL PÁRAMO

Ya encaminados hacia el Fafoi, don Rodolfo Espinoza pudo advertir en la lejanía que desde allí, lugar supuestamente solitario, emanaba una columna de humo que podría significar una sorpresa fatal si quien había encendido el fuego era gente indeseada. Ya se había enterado del secuestro del telegrafista y de su mujer por un grupo de bandoleros y pensó que el Fafoi era un buen escondite para los secuestradores, pues podían detectar a simple vista, desde una enorme distancia, si alguien tenía la intención de acercarse a ellos.

Don Rodolfo decidió entonces que su hermosa y desdichada hija Rosa se separara del grupo, acompañada de dos de sus arrieros de confianza y retomara el sendero hacia El Tisure. Estimó que don Simón Cañizales, amigo de hacía tantos años, no tendría inconveniente en darle hospedaje, mientras él averiguaba la real situación del Fafoi.

Mientras tanto, los centinelas del Calvo, apostados en colinas estratégicas del Fafoi, observaban al detalle todos los movimientos de don Rodolfo y su gente, y ya habían avisado a su facineroso caudillo que un grupo de hombres a caballo, armados de chopos y machetes, se acercaban al campamento.

La larga estadía de los bandoleros en el Fafoi había dejado sus huellas en el lugar. Al lado del rosal, bajo el árbol del cual se ahorcó don Farabundo, construyeron con piedra y carruso una pequeña cárcel para mantener encerrado a don José del Carmen Arenas, el telegrafista. Un poco más allá, le hicieron una cómoda estancia a doña Carmen Julia, la esposa del telegrafista y, a la vez, hermana de quien la mantenía en cautiverio.

Los angustiosos días de doña Carmen transcurrían una mitad, con ella sentada sobre una piedra al lado de la puerta del encierro de su marido, tratando de consolarlo y darle compañía, y la otra, suplicándole a su cruel hermano que los dejara en libertad.

El Calvo también tenía una especie de pesebre en el que dormía protegido de la intemperie, al lado del cual sus hombres habían erigido un almacén que usaban de armería y despensa de los víveres que reponían periódicamente con los saqueos de pueblos vecinos.

Ya se estaba esparciendo la voz de que ellos rondaban por las montañas y que, en cualquier momento, las tropas del gobierno irían por ellos.

También desde la distancia, pero inadvertidos por la banda del Calvo, Chui, Mario y Pascualina observaban a quienes se acercaban al campamento de los bandoleros y que varios de éstos los esperaban desde lo alto de los riscos para emboscarlos cuando sus máuseres les pudieran dar alcance certero. También habían dispuesto cargas explosivas bajo enormes piedras a gran altura de los despeñaderos, para que una vez detonadas, rodaran sobre el sendero por el cual obligatoriamente debían acercarse los intrusos.

Todo estaba dispuesto para el ataque inminente y para causar muchas bajas entre los hombres de don Rodolfo.

Al llegar la tarde, una vez que los jinetes pasaron los pantanos del valle al pie de la cuesta que los conduciría al Fafoi, comenzó la masacre. A cada disparo de máuser, seguía la muerte de un jinete.

De inmediato don Rodolfo ordenó la retirada, pero el inclemente enemigo detonó cinco cargas que hicieron rodar enormes peñones desde la cima, llevándose consigo bestias y jinetes hasta el fondo del pantano, que eran tragados por el tremedal.

De los cuarenta jinetes que acompañaban a don Rodolfo, solo diez pudieron salvar su pellejo para retomar con él camino a El Tisure y pedir ayuda.

Los hombres del Calvo bajaron de los riscos para despojar de sus armas a los caídos, entre los cuales había dos muchachos heridos, aquellos que de madrugada se habían robado las pertenencias del Benemérito en el accidente del automóvil que las transportaba a través de la espesa niebla en la carretera trasandina. Sus bestias habían muerto bajo las piedras con la carga amarrada al dorso. Los muchachos se habían unido a don Rodolfo y sus hombres después de habérselos encontrado en el camino hacia La Ventana.

Apresaron a los muchachos y cargaron con lo que las bestias tenían amarradas al dorso: los cofres de madera en los que iban embaladas las pertenecías del Benemérito y, entre ellas, el casco prusiano, la espada de mando del general y una caja de chorizos españoles.

EL HIPOGEO

Apenas los vio salir de la maleza, los reconoció a ambos. Chui, su vieja amistad de El Tisure, asociada a los recuerdos de su temprana adolescencia, de la faena cotidiana de la finca de los Cañizales; y el otro, adherido a la fresca reminiscencia de un amor sembrado en una cueva mágica, hacía solo pocos días.

Chui, el más sorprendido de todos por haberla dado por muerta desde su desaparición años atrás en El Tisure cuando Pascualina todavía era una niña, con mirada perpleja dijo:

—¿Será que me estoy volviendo loco? ¿Eres tú Pascualina?

—Sí, Chui, me caí en el río y llegué a parar a Barinitas.

Por la cabeza de Chui pasaron miles de recuerdos, mientras escuchaba la voz de su antiguo y platónico amor. Una voz, ahora cálida y aterciopelada, de mujer de verdad. La voz de quien que le hizo perder la brújula por creerla fallecida y por la que abandonó El Tisure para recluirse en el alcohol hasta que se unió al trabajo en la finca de Rosa, cuya belleza y cariñoso trato le ayudaron a borrar lentamente su tristeza.

Mario no le había contado nada a Chui acerca del encuentro, pleno de hechizo y colorido, en el que ella lo había apresado, como pez contra la corriente, en una red de misterio tejida con los hilos del más puro y carnal amor.

Pascualina, ruborizada al ver a Mario, también sintió que la voz se le quebraba cuando, fingiendo que lo ignoraba, hablaba con Chui de su desaparición. Pronto se agotaron todos los pretextos y finalmente tomándole la mano, le dijo:

—Pues mira tú, ¡qué alegría verte de nuevo!

Mario, tratando de disimular las incontenibles lágrimas de alegría y agachando la mirada, le respondió con parca timidez:

—Pues sí querida…

Chui al ver el halo que emanaba de aquella escena, lo comprendió todo en un instante. Al principio, su corazón latió acelerado por la angustia de que, ahora sí era verdad, Pascualina estaba muerta para él. No se trataba de una muerte física, sino de cómo, de pronto, aquel sueño de imaginarla a su lado cortejándola sutil y veladamente, cuando Pascualina le curaba las heridas que la soga le había dejado en las manos la vez que sometían al toro realengo años atrás en el Fafoi, se esfumaba.

Sin embargo, Chui era un hombre realista y pragmático, dotado de un gran intelecto, siempre por encima de todos los que estaban a su alrededor y pronto supo tapar su orgullo, con la convicción y la claridad de que ahora tenía un único objetivo en aquel lugar donde, definitivamente, nada haría que él le fallara a Rosa, su más reciente conquista. Por ahora, además, convenía mantener en secreto esa relación, al menos mientras se revelaba el misterio de la desaparición de don Farabundo y de qué había hecho este con las morocotas. Estaba seguro de que la mitad de la misión ya estaba cumplida y tan solo faltaba tener paciencia para terminar de lograr la prometedora encomienda de su nuevo amor. Su corazón retomó el pulso normal y pudo lidiar a la altura de la situación.

Las emociones de su reciente encuentro no les impidieron estar muy atentos al inminente choque entre los hombres que se acercaban al Fafoi y los hombres del Calvo. Fueron testigos de los certeros disparos de los máuseres desde los traicioneros despeñaderos, y de cómo los incautos jinetes fueron masacrados por los francotiradores del caudillo atrincherado en el Fafoi. También vieron cómo las enormes rocas, movidas con poderosa fuerza por la detonación de dinamita, tapiaron bestias y humanos en el inclemente pantano. Todo aquello lo presenciaron en silencio, atemorizados por tan sangriento panorama.

Cuando todo había pasado y los bandoleros, ya de regreso en el campamento, encerraron a los heridos donde tenían preso al telegrafista, luego de guardar el botín en la despensa, comenzaron a beber miche profusamente hasta la borrachera.

Por su parte, Pascualina interrumpió el silencio:

—Tenemos que hacer un buen escondite, vamos un poco más abajo, que a la orilla de la quebrada hay un buen sitio.

—Tenemos que pensar también en las bestias, pues Mario trajo cinco caballos que le robó a los soldados que lo perseguían, y con mi burrito y el tuyo son siete. ¿Cómo piensas que haremos con ellas? —dijo Chui.

—Tú, déjamelo a mí, Chui —dijo Pascualina.

Los tres bajaron a la quebrada y, mientras Pascualina se situaba al lado de una caída de agua, sorprendidos y alucinados, Chui y Mario presenciaron cómo Pascualina, con su mirada, movía rocas y cavaba cuevas, desviaba cauces y resembraba árboles y todo en forma tan rápida y brusca que la tierra temblaba. Ambos sintieron miedo. Al cabo de pocos instantes, Pascualina había construido un perfecto hipogeo que ni los antiguos egipcios hubieran podido lograr en décadas, perfectamente funcional y con el espacio necesario para todos, las bestias incluidas.

CASIQUE

Era de tarde cuando los hermanos Leonardo y Joaquín Bartolini bajaban por el profundo cañón de la quebrada, tirando el anzuelo cargado con la carnada de lombriz, tentando el apetito de las truchas, que con su ágil nadar detectaban el movimiento de la apetitosa presa retorciéndose empalada en el gancho. La neblina lo cubría todo y había que saltar de roca en roca con sumo cuidado para no caer en el río. Había muchas historias de gente que, por pescar con neblina, el río los había arrastrado hacia la muerte. Leonardo tenía quince años recién cumplidos, mientras que Joaquín cumpliría los catorce en pocos días. El apellido Bartolini, corso de origen, se lo debían a su papá Giovanni, quien había venido como maromero de un circo italiano que llegó a La Guaira en un viejo barco italiano de la línea Costa Crociere y del que luego desertó, animado por su espíritu aventurero, para ir en búsqueda de sus sueños.

Los acompañaba Casique, un perro de pelaje amarillo, de mediano tamaño, que los muchachos encontraron cuando todavía era un cachorrito, abandonado dentro de un saco que alguien lanzó al río para deshacerse de él sin éxito, pues el saco quedó enredado en un moral, colgado sobre las turbulentas aguas del río. Cuando Leonardo lo descolgó de la mata, lo extrajo del saco y de inmediato lo bautizó como *Casique*, salpicándolo con el agua del río. Su hermano le preguntó:

- ¿Cacique de dónde?

- ¡Cacique nada tonto! ¡*Casi…que* lo ahogan! ¿No ves?

El padre de los muchachos, entendido en las faenas circenses del amaestramiento de animales exóticos, enseñó a Casique a ser un perro muy obediente y adoraba ver la sorpresa de propios y extraños cuando el perro mostraba cuánto era capaz de hacer al mando de sus dueños.

Ese día la neblina estaba más espesa que de costumbre y ya comenzaba a caer una llovizna que tornaba más peligroso el caminar sobre las piedras del río, cuando de pronto oyeron un enorme amasijo de metal que se despeñaba desde lo alto del estrecho cañón, justo por encima de sus cabezas, cayendo a pocas rocas más abajo en la quebrada. La espesa neblina evitó que pudieran ver la avalancha de metal que cayó a pocos metros de su periplo por el rio.

Calcularon que lo que se había desplomado y caído a sus cercanas anchas debía de venir de la carretera que los presos, unos cien metros más arriba, habían construido.

Casique, con el rabo entre las piernas, corrió a esconderse en una madriguera que casualmente husmeaba cuando escucharon el estruendo y al cabo de pocos segundos salió a curiosear qué lo había producido. Los muchachos lo siguieron y pronto se toparon con un arruinado automóvil militar, cargado de cajas de madera de pino.

Una vez averiguada la ausencia de cadáveres y la abundancia de cajas que contenían enseres y objetos militares dentro del arruinado vehículo, rieron al ver a Casique tratando de abrir una caja, a la que con la caída se le había zafado la tapa. Se trataba de un cajón lleno de chorizos y de lomo embuchado español. El perro logró sacar uno para sí y comenzó a comérselo, acostado a la orilla de la quebrada sosteniéndolo hábilmente con sus patas delanteras.

Los hermanos no pudieron aguantar la risa que disipó el susto y de inmediato hicieron lo mismo: tomaron un chorizo, lo picaron por la mitad con un viejo cuchillo que Leonardo siempre llevaba amarrado al cinto y se lo comieron a la orilla del río acompañado de una arepa de trigo, que nunca les faltaba cuando salían de pesca.

La cima estaba tan lejos que era muy poco probable que alguien bajara a rescatar los enseres que yacían en el fondo de la quebrada. Así que optaron por buscar sus mulas en casa, no muy lejos del lugar del siniestro, para cargar cuanto les fuera posible. En el vehículo había sendas cajas con botellas de ron y coñac para el general, de las cuales solo se salvaron unas pocas. También había velas y lámparas de aceite. En una de las cajas estaba guardado el casco prusiano del general Gómez y en otra dos pares de botas militares de cuero, confeccionadas en Italia. Embaladas con cuidado, se encontraron, igualmente, tres cajas de puros españoles.

Pensaron, sin embargo, que tarde o temprano mandarían a buscar los restos del accidente y si querían adueñarse del cargamento que casi les cayó encima, tendrían que robarlo y huir bien lejos, al menos hasta que la caravana militar abandonara las montañas.

En el camino de huida, después de haber fumado dos tabacos de los que habían hurtado, se toparon con los hombres de don Rodolfo Espinoza, que también huían hacia el Fafoi. Se unieron a ellos y remontaron todos juntos la cuesta de La Ventana.

Dos tabacos cuesta abajo, fueron atacados en el pantano por los bandoleros del Calvo y las dos mulas cargadas no pudieron esquivar la embestida de los enormes peñascos dinamitados en las montañas aledañas, muriendo sepultadas a orillas del húmedo y hambriento tremedal que todo se lo tragaba. Joaquín quedo herido en el brazo al caer sobre un cactus mientras que Leonardo salió ileso.

Los muchachos terminaron encerrados en un pequeño recinto de piedra, construido en el Fafoi por los hombres del Calvo para mantener cautivo al telegrafista, a quien saludaron porque ya lo conocían de San Rafael. Afuera la algarabía de la victoria fue celebrada con miche hasta el amanecer, cuando, ya borrachos, los forajidos cayeron rendidos.

Después de haber huido exitosamente de la emboscada, Casique, guiado por su olfato, fue en busca de sus dueños encontrándolos encerrados en el Fafoi, momentos en que todos dormían, a excepción de los muchachos que, sorprendidos, vieron la pata del perro asomándose por debajo de la hendidura del portón de gruesos troncos, trancado por una viga asegurada con un rústico pestillo de madera. Para Casique no fue difícil abrir desde afuera el portón siguiendo las instrucciones de sus dueños. Una vez abierto, los muchachos huyeron en compañía del bachiller José del Carmen Arenas hacia la cuesta tras la que se ocultaban Chui, Mario y Pascualina. El bachiller, mientras huía como rata furtiva, no dudó jamás en dejar a su esposa en el campamento del Calvo.

LOS HÉROES CAÍDOS

Los músicos de la banda marcial tiritaban bajo el toldo de lona mientras esperaban la llegada del Benemérito para dar inicio a la ceremonia de inauguración, cuya caravana, acompañada de un séquito militar, ya había partido desde el monasterio franciscano donde le dieron posada la noche anterior.

Después de quince años de trabajos forzados de los presos de la cruenta y tristemente célebre cárcel de La Rotunda, las torturas por fin terminaban, al menos, en las montañas andinas. Semanalmente morían en el páramo en promedio, cinco presos, bien sea trabajando, de frío o por el padecimiento de alguna enfermedad infectocontagiosa como la tuberculosis o la sífilis. Durante el tiempo que duró la construcción sucumbieron, en total, bajo la crueldad de los chácharos, cerca de cuatro mil presos. Muchos aplaudían la práctica de poner los presos a trabajar, pero se ocultaba que, entre los reos comunes, también había presos políticos, opositores de la dictadura. Algunos lograron escapar mientras trabajaban en las montañas, ocultándose en la vasta y solitaria majestuosidad de los páramos andinos.

Mientras se trasladaban en el Düsenberg presidencial hacia el lugar de la inauguración, en las adyacencias de la laguna de Mucubají, el Benemérito iba molesto con su edecán, el coronel Jacinto Colmenares, por lo sucedido con sus pertenencias en el accidente del camión despeñado. Tal como lo había previsto el edecán, a última hora el presidente pidió usar el casco prusiano para presidir la ceremonia, lo cual justificó el haberlo llevado, no obstante que el mismo presidente le había participado en Maracay que no lo usaría. Era una situación de doble moral: por una parte, el presidente lo regañaba por haberlo perdido y, por la otra, lo reprendía por desobedecerlo y haberlo llevado. Se trataba de una gran pérdida sentimental para el presidente, pues ese casco lo unía a los presidentes militares que gobernaban en el mundo. Un largo silencio, acompañado por el rugir del motor del automóvil, viajaba con ellos al remontar la carretera. De pronto, el presidente le dijo a su edecán:

—O corre o se encarama. Usted va a tener que ir a perseguir a quien se robó mi casco y buscarlo debajo de cada piedra del páramo. Averigüe y llévese los hombres que necesite para encontrarlo.

Y el edecán le respondió:

—Ya hice algunas preguntas y logré averiguar que unos muchachos se lo llevaron más allá de un pico que llaman La Ventana. También dicen que por allí se esconde un grupo de alzados, la mayoría presos fugados de los trabajos de construcción de la carretera. Los acaudilla un fugado muy buscado al que llaman el Calvo, quien parece ser, por cierto, el que ordenó el secuestro del telegrafista de San Rafael, pueblo del que, dicho sea de paso, también informan que mataron a su prefecto. Los asesinos también cabalgaron hacia esas montañas.

El general Gómez, atornillando la punta de su bigote, lo interrumpió:

—¡Carajo! Mucho bochinche junto. Vaya a poner orden y de una vez me trae el casco. Eso sí, no me venga después con que lo jodieron por allá, porque lo degrado.

Llegaron al lugar del acto en el que lo esperaban un cura, algunos habitantes de San Rafael y gran cantidad de aduladores que lo acompañaban en la primera travesía motorizada por la carretera trasandina. Los músicos de la banda militar, emparamados y temblando de frío, hacían calistenia con sus dedos entumecidos y a la señal de la batuta tocaron el himno nacional en la peor interpretación oficial que de este símbolo patrio se haya hecho alguna vez y, mientras sonaba la orquesta, la neblina cayó súbita y lo cubrió todo, impidiendo que nadie pudiera ver al que tenía a su lado. Era como si el espíritu de los caídos en los trabajos de la carretera bajara irreverente del cielo para sabotear el acto.

EJÉRCITO DE BURROS

Ese día, en latitud ártica, mientras desollaba un oso polar a la luz de una gentil fogata, una familia inuit observaba, como nunca antes habían visto, un inusual espectáculo boreal. Parecía como si el cielo nocturno se desplomara desecho en una bruma multicolor sobre sus cabezas. La tormenta solar disparada por aquel fogonazo semanas atrás, que estalló en la corona del sol, ya estaba llegando a la Tierra y pronto el enojo de Cronos se haría sentir sobre nuestra ínfima presencia astral.

Mientras tanto, sus ojos postrados fijamente en algún lugar distante frente a ella pestañeaban cada tanto, sin delatar algún otro movimiento de su cuerpo que, como una estatua ecuestre, se erguía sobre el lomo de aquel hermoso caballo. Las desgreñadas canas de su cabello se pegaban a su cara, desalineadas y enredadas. Esporádicamente, como activadas por algún corrientazo, sus extremidades se tensaban en forma involuntaria, produciéndole pequeños y casi imperceptibles espasmos que terminaban haciendo tensar con sus dedos la crin del animal para indicarle dar un nuevo paso hacia adelante. Decenas de mulas la rodeaban, también inmóviles, mientras los cuervos aprovechaban la parada para darse un festín de garrapatas sobre aquel ejército equino. Encima de la cresta de aquella cordillera, quien hubiese podido verla en la distancia, pudo haberla confundido con un ejército exánime que, desde la altura de las montañas, meditaba la estrategia de un ataque.

Chaveto y Catirazo la venían siguiendo desde lejos y desde hacía algunas horas, pero no se atrevían a acercársele. Temían que los animales se alborotaran y provocaran que doña Josefa Freitas, madre de Pascualina, ya anciana, quien se había escapado de El Tisure durante la madrugada del día anterior, se cayera del caballo exaltado. También podían ver, desde su inadvertida posición, que en El Fafoi había mucha actividad en torno a un hilo de humo de un fuego que se extinguía aquella mañana. Unos hombres se lavaban en la quebrada, otros le daban de comer a sus animales, mientras que uno caminaba entre ellos, portando un extraño y brillante casco del cual brotaba, perpendicular, apuntando hacia el cielo, una destellante punta de lanza que marcaba a este individuo como el jefe indiscutible de aquel pequeño ejército. Más abajo, por la misma cresta de la cordillera, sobre la cual doña Josefa parecía meditar sobre el caballo, subían apresurados tres hombres y un perro amarillo que tarde o temprano se toparían con ella y sus animales.

Chaveto y Catirazo pronto pudieron distinguir que se trataba del telegrafista de San Rafael, que iba huyendo acompañado de dos adolescentes. Bajaron por un lado de la montaña para salirle al encuentro a los que subían, para evitar que, acercándose con prisa a la cima, alborotaran a los animales de doña Josefa y cuando los alcanzaron se saludaron y tomaron por otro derrotero que los conducía a la quebrada de El Tisure donde, al cabo de unos minutos, también se toparon con Chui, Mario y Pascualina. Gran sorpresa y contento la de todos cuando se toparon y se abrazaron con alegría. Después de efusivas palmadas, Catirazo le dijo a Pascualina, señalando camino arriba:

—Trajimos a tu madre desde Mérida y se nos escapó hace dos noches de El Tisure. Vinimos a buscarla y la encontramos allá arriba sobre la cresta de la montaña.

Al mismo instante en que aquél terminaba de hablar, Chui alertaba a todos que desde La Ventana bajaba un numeroso grupo de soldados a caballo.

DON SIMÓN REZA EN LA COCINA

En El Tisure, después de la llegada de Rosa y de la de su padre junto con los sobrevivientes de la emboscada de los hombres del Calvo en el pantano, todos descansaban en la cocina tomando café y esperando la arepa con cuajada que les había ofrecido doña Vicenta.

Eran demasiados sucesos juntos para un lugar en el que no pasaba nada durante mucho tiempo. En las últimas dos semanas habían ocurrido tantas cosas inverosímiles, que don Simón estaba convencido de que, sea cual fuere el desenlace, las cosas iban a cambiar definitivamente para El Tisure.

Así pensaba don Simón: en El Tisure se había alojado por años un fugitivo de La Rotunda; en El Tisure habían *desaparecido* seis soldados del ejército gomecista, embalsamados por la mirada fulgurante de Pascualina, quien había regresado a El Tisure la noche anterior, después de tener años desaparecida y dada por muerta y teniendo que huir de nuevo a la madrugada siguiente. Para colmo de males, al calor del fuego de la cocina, escuchaba los relatos de una prófuga de la cárcel de la prefectura de San Rafael, cuyo padre, para liberarla, tuvo que asesinar a perdigonazos al prefecto. Sumado a ello, ahora don Simón estaba al tanto de que en el Fafoi se escondía una peligrosa banda de alzados que en cualquier momento iba a llamar la atención de las tropas gomecistas, dado el afán del Benemérito de exterminar cualquier insurrecto. Y por si todo esto fuera poco, el doble secuestro del prefecto y su mujer.

Todas estas ideas se combinaban en el pensamiento del sabio anciano que, en silencio, de cuando en cuando, invocaba la ayuda divina de Dios para que la paz que había construido en El Tisure no se desplomara y se convirtiera en un lugar proscrito por el régimen. También se preocupaba por el destino de Josefa Freitas, a quien habían traído a El Tisure desde el manicomio de las hermanas teresianas de Mérida y que, furtivamente, había tomado rumbo hacia las montañas aledañas al Fafoi.

Por su parte, su esposa Vicenta, aunque también mortificada por los acontecimientos, se mostraba más calmada y esperanzada, pues para ella el regreso de Pascualina no podía significar más que una milagrosa señal.

El señor Rodolfo Rengifo, ya informado de la explosiva situación, había decidido subir desde El Tisure esa misma noche con la finalidad de aliviar las preocupaciones del anfitrión, cuyo único pecado había sido el de abrir sus puertas a quien necesitara de su hospitalidad.

Ya al final de la tarde, don Rodolfo, después de constatar a lo lejos que por el camino de La Ventana bajaba a caballo un numeroso grupo de soldados que había tomado el sendero del pantano hacia el Fafoi, le encomendó la vida de su hija Rosa a los Cañizales, emprendiendo camino, armado de chopos, hacia el Fafoi, subiendo por la quebrada de El Tisure hacia las alturas desde las cuales tendría dominio visual de los bandoleros sin que éstos lo advirtieran.

LA SEÑAL DIVINA

Sentada sobre una piedra, a un lado del rosal de don Farabundo, Carmen Julia veía cómo los hombres comandados por su hermano, el Calvo, a quien durante su sórdida infancia llamaba Ramoncito, se preparaban para la inminente confrontación contra el ejército de Gómez, que bajaba con parsimonia por los escarpados caminos de mula desde la cima de La Ventana. Carmen estaba triste, pues no sabía qué pensar sobre el hecho de que su marido había huido, dejándola sola en el campamento de la banda de su hermano. El Calvo se lo sacaba en cara, degradándolo a miserable cobarde por haberla dejado atrás. Le decía:

—¿Ves? Ese hombre no era para ti. Huyó y te dejó aquí entre ladrones. ¿Qué clase de marido te buscaste hermanita?

Lo cierto era que él había visto de reojo cuando el telegrafista y los dos adolescentes escapaban, mientras sus hombres dormían borrachos después de la victoriosa emboscada sobre los que subían desde el pantano hacia el Fafoi. Ella jamás le permitiría ahorcarlo por haber divulgado su ubicación en las montañas: lo mejor era dejarlo ir, para liberarlo de ataduras conyugales.

El recuerdo de su vida como monja aún estaba muy fresco y llegó a pensar que sobre cuánto le sucedía estaba de por medio la mano de Dios, reprochándole el abandono de los hábitos. Tomó varias ramas espinadas del rosal que tenía a su lado, se hizo un cilicio y lo colocó discretamente alrededor del muslo derecho, clavándose las espinas en la carne viva, como acto de contrición física, al tiempo que invocaba un mantra en el que imploraba el perdón de Dios. Mientras lo hacía, uno de los centinelas del campamento anunciaba el acercamiento de una nutrida manada de burros y, entre ellos, una anciana canosa y greñuda que iba a caballo.

Carmen Julia se sorprendió cuando reconoció a doña Josefa: el sol le confería un luminoso halo sobre sus argénteas canas lo que de inmediato, interpretó como señal sagrada e indiscutible de disolución instantánea del sacramento matrimonial. Corrió hacia ella espantando los burros que la rodeaban y la tomó cariñosamente de las manos para ayudarla a bajarse del enorme caballo militar que solemnemente la cargaba. La abrazó con tanto cariño que a su antigua compañera le faltó el aire e interrumpió el abrazo separándose de ella, a la vez que señalaba al cielo diciendo:

—El cielo va a arder.

Pascualina, Chaveto y Catirazo, que no habían podido detenerla antes de que llegara al campamento de los bandoleros, vieron aquella escena y se tranquilizaron, aunque nadie entendía lo que estaba sucediendo hasta que Chaveto le explicó a Pascualina la increíble historia de que doña Carmen era la monja encargada de cuidar a doña Josefa en el manicomio. Todos ellos vieron en la distancia cómo Carmen le daba de comer a la anciana y, después, cómo la llevaba a la laguna para bañarla.

Había una enorme tensión en el Fafoi. El Calvo limpiaba su fusil y pulía el casco prusiano que pensaba llevar puesto a la guerra, como señal de absoluta rebeldía en contra del régimen que había lapidado para siempre su miserable existencia de delincuente. Todo estaba dispuesto para la batalla. La dinamita, colocada bajo las enormes rocas del despeñadero que se asomaba al pantano, se convertiría de nuevo en la estrategia de ataque inicial contra los soldados de Gómez. Los bandoleros confiaban en que desde la altura de los peñascos podían eliminar, con la precisión de sus máuseres, a cada soldado que intentara coronar el Fafoi.

La tarde llegaba a su fin. Unos nubarrones negros e inmensos, acompañados del eco lejano de incesantes truenos que retumbaban en la soledad del páramo, anunciaban una inusual tormenta eléctrica que estaba a punto de adueñarse de todo.

GRAN FINAL

La marea solar provocada por aquel destello, que desde unas semanas emanaba del sol, ya había llegado a la tierra, deformando la magnetosfera, cual si se tratara de un globo aplastado, modificando la ionosfera que protege toda vida en el planeta y peligrosamente propensa a la descarga de potentes centellazos eléctricos durante las torrenciales lluvias

El coronel Jacinto Colmenares iba en la retaguardia de su compañía de doscientos hombres. Meditabundo sobre su caballo, cabalgaba cuesta abajo, marcando cuidadosamente cada zancada de la bestia. Desde La Ventana pudo ver a los alzados con un potente binocular y, entre ellos, uno sobre cuya cabeza distinguió el brillo inigualable de la punta de lanza del casco prusiano del Benemérito. Se tranquilizó por haber divisado el principal objetivo de su misión, por encima del sometimiento militar de los alzados. Sin embargo, sus conocimientos castrenses le indicaban que la recuperación del preciado casco no sería tarea fácil, toda vez que el camino se mostraba potencialmente peligroso por los despeñaderos a ambos lados del sendero, lo cual facilitaba la ejecución de una comprometedora emboscada. Llevaban en el apresto militar un par de morteros que le permitirían despejar a distancia los riscos para reducir el riesgo de ataques sorpresivos, aunque sabían que esos morteros les harían más difícil el ascenso a los caballos.

Desde el Fafoi, el Calvo seguía también cada movimiento de la compañía y por su privilegiada posición podía prescindir de artilugios como un binocular. Contaron varias veces el número de soldados que iban por ellos: cincuenta y tres hombres. La euforia de la adrenalina se hacía sentir entre ellos a la voz de irreverentes gritos de aliento. Cada hombre ocupaba su posición, cuidadosamente estudiada por el Calvo. En el campamento solo quedaban él y dos de sus hombres que tenían la tarea de vigilar a su hermana Carmen Julia y a doña Josefa, y también cuidar de las provisiones guardadas en la alacena.

Escondidos, a poca distancia, acechaban Pascualina, Chaveto y Catirazo, esperando cualquier descuido de los guardias del Calvo para rescatar a las cautivas. Más arriba, atentos a cualquier señal, Chui, Mario y los hombres de don Rodolfo esperaban para irrumpir con los caballos en una eventual operación de rescate. Cuando los soldados, al llegar al borde de los pantanos, se disponían a subir, ya la lluvia lo inundaba todo, haciendo que los frailejones, henchidos de agua, se asemejaran a una horda de enanos bailando en torno al viscoso terreno. El coronel dio la orden y estallaron los primeros disparos de mortero, apuntando en su caída balística sobre la cima de los riscos para disipar cualquier intención de emboscarlos desde allí. Los peñascos rodaban desde la montaña deteniéndose torpemente en el voraz pantano. A la detonación del tercer disparo de mortero, saltaron por el aire los cuerpos, agitados por el dolor, de dos de los hombres del Calvo que acechaban como buitres desde las alturas de los voladeros. El precavido coronel no estuvo tranquilo hasta ver que toda la cresta de la montaña había sido modificada por las explosiones. Los escombros tapaban el camino y obligaron a los soldados a continuar a pie. El Calvo, visiblemente molesto, cubriendo su cabeza con el casco, decidió salir del campamento y llegarse a caballo hasta los puestos de acecho para dar personalmente las órdenes de la contraofensiva. De pronto, inesperadamente, la señora Josefa se puso de pie y salió corriendo de su refugio hacia la cima de una pequeña colina muy cerca de allí. Los centinelas del Calvo no supieron qué hacer y decidieron dejarla ir, mientras Carmen Julia le gritaba que regresara. Una vez en la cima de la colina, doña Josefa levantó los brazos hacia el cielo y los agitaba con emoción, gritando:

—¡Arde, cielo, arde!

Al final de ese grito comenzaron a caer sobre el páramo estruendosas centellas que besaban el tremedal, dejándolo humeante en cada oportunidad. El Calvo cabalgaba por un sendero cuando, a la vista de todos, quedó fulminado por una centella que lo electrocutó desde la punta de lanza del casco prusiano hasta los pies. Quedó convertido en cenizas, mientras su caballo galopaba intacto.

El casco prusiano rodó por la ladera de la montaña hacía el centro del valle inundado.

Doña Josefa continuaba agitando los brazos y las centellas continuaban cayendo del cielo. Un viril rayo detonó justo sobre el rosal de don Farabundo y formó un cráter vaporoso después del impacto. Los centinelas del Calvo, asustados, se montaron en sus caballos y huyeron en dirección contraria al frente de batalla y se perdieron en las montañas. Carmen Julia, desde el refugio, y Pascualina, desde su cercano escondite, salieron al encuentro de doña Josefa y terminaron abrazadas las tres en la cima de la colina. Avanzando desde la retaguardia, Chui, Mario y los hombres de don Rodolfo, al ver que no quedaban bandoleros en el campamento, lo tomaron. Desde allí observaron los movimientos de los soldados que habían recibido la orden de recuperar el casco y retirarse. Chui, quien sospechaba que bajo las raíces del rosal estaban las morocotas de don Farabundo, fue hasta el cráter dejado por la centella que quedó en el lugar del rosal y vio que en el fondo yacía una silla de montar podrida: la removió con los pies hasta descubrir un roído cofre de madera en el cual estaban completas e intactas las morocotas de don Farabundo.

Los eventos habían generado una férrea camaradería entre todos, haciendo que el botín de Chui y Rosa fuera premio para todos, en su mayoría prófugos del régimen de Gómez.

Aún bajo la lluvia, Pascualina, con su potente mirada, amuralló de riscos los alrededores del Fafoi, haciéndolo desaparecer de la vista de los extraños. Allí se quedaron todos construyendo una pequeña ciudadela, lejos del régimen y de la codicia.

Pascualina se unió formalmente a Mario, Rosa lo hizo con Chui y resultó que ambas estaban encintas y cada una dio a luz una niña en el Fafoi.

Carmen Julia se separó del telegrafista, el bachiller José del Carmen Arenas, quien había huido hacia El Tisure. De los hermanos Leonardo y Joaquín

Bartolini, nunca más se supo. Casique se quedó al lado de doña Josefa y Carmen Julia se dedicó al total y entero cuidado de la anciana hasta que, años después, desapareció para siempre en las montañas. Chaveto y Catirazo, que no eran prófugos, fueron encargados de llevar provisiones desde y hacia el Fafoi y, por encargo de todos, lo que con las morocotas fuese menester comprar en la civilización, como por ejemplo una nueva planta eléctrica que trasladaron desde Mérida.

Años después, Chaveto y Catirazo lograron conseguir sus respectivas esposas y procrearon muchos hijos. Don Simón Cañizales y su esposa Vicenta vivieron en la tranquilidad de El Tisure hasta que la vejez se los llevó a un lugar sosegado y silencioso, más allá de las nubes.

El general Gómez recuperó su casco prusiano y murió gobernando, muchos años después.

Deambulando como deidad griega, castigado por su terquedad, quedó el espíritu de don Farabundo, del cual algunos dieron fe de haberlo visto ensartado entre las espinas de una lejana constelación de estrellas.

EPÍLOGO

El país siguió su rumbo hacia la profundización de su condición de país petrolero, sin sospechar que esa sería su perdición. A pesar de mantener las mismas dimensiones físicas, lo urbano se distanció cada vez más de lo rural y las montañas se hicieron más altas hasta perderse en las nubes.

El Fafoi se convirtió en un mito difuso del cual hoy casi no existen recuerdos. Sin embargo, desde aquella ciudadela perdida en el cielo, bajaron durante años, cada quincena, los descendientes de Pascualina y Mario, arreando sus bestias para vender sus productos y con ello, comprar otros que se requerían en la cotidianidad del fogón y del arriero y que, una vez remontado el paso de La Ventana, se disolvían los lazos con sus dueños y pasaban a ser propiedad de todos.

En El Tisure, se erigió la capilla de Piedra de la Virgen de la Coromoto, para hacer digna la morada de Dios en el páramo y que fue, hasta el presente, visitada por los arrojados viajeros que no le temieron a los riscos de La Ventana. Hasta que uno de ellos, decidió llevar al presente, el mito y la leyenda de una época que aún permanece húmeda entre los frailejones del Páramo.

Así, el paraíso de los Cañizales, aun intacto entre los riachuelos y pantanos, nos recuerda hoy la epopeya de seres que sufrieron las injusticias de una época, para sobreponerse a ellas, sin traicionar el celoso velo con el que la neblina protege los tesoros naturales de la cordillera andina.

Venezuela, sin embargo, no dejó de forjar su historia, intentando sobreponerse a tiranos y políticos oportunistas, que sacrificaron su desarrollo en función del beneficio individual, hasta entrar en el siglo XXI, momento en el que quedó encadenada nuevamente a un caudillo que la embadurnó y revolcó aún más, en el tremedal petrolero, convirtiendo al país en su propia hacienda. En la actualidad, sus habitantes intentan ser menos pasivos y tratan de zafarse del yugo del dictador que, armado hasta los dientes, los somete. "Diáspora" nuestra próxima historia, dentro del ejercicio íntimo de fabular un universo paralelo al que vivimos, nos cuenta sobre una Venezuela que se libera definitivamente de sus cadenas y emprende un nuevo viaje hacia la conquista del sueño de un mejor país.

BIOGRAFÍA DEL AUTOR

Armando Córdova Olivieri, nació en Caracas, Venezuela, el 26 de septiembre de 1960. Hijo del economista Armando Córdova, individuo de número de la Academia de Ciencias Económicas y Sociales y la vitralista Ligia Olivieri, Premio Nacional de Artes Aplicadas 1968.

Tuvo una infancia temprana y posteriormente, una educación primaria y secundaria, aderezada por la necesidad de tener que viajar en cuatro oportunidades al extranjero, debido al traslado de toda la familia, ocasionado por la actividad académica del padre. De esta forma vivió, por prolongados períodos, en Holanda, Polonia, Alemania e Italia, teniendo que alternar su educación entre Venezuela y los dos últimos países.

Posteriormente, en 1983, después haber ingresado a la Facultad de Ingeniería de la Universidad Central de Venezuela (UCV), abandona esta última, habiendo culminado el ciclo básico de esa carrera, para ingresar a la Escuela de Economía de la Facultad de Ciencias Económicas y Sociales de la UCV y finalmente obtener el título de economista en 1988, ocupando el tercer lugar de la promoción. De seguidas, viaja a Alemania en 1989, después de obtener una beca de la fundación alemana, Konrad Adenauer, para realizar estudios de maestría, en la especialidad de investigación empírica de la economía, en la universidad alemana de Bielefeld, bajo la tutoría del profesor Joachim Frohn. En la ciudad de Bielefeld, vivió cinco años.

Regresa a Venezuela en 1994 e ingresa a la UCV como profesor de econometría y estadística. Trabajó en el área de la prospectiva económica con Ruth de Krivoy, Pedro Palma y como asesor del ministro de Hacienda, Luís Raúl Matos Azócar, durante la segunda presidencia del Dr. Rafael Caldera.

Con la entrada de Hugo Chávez a la presidencia de Venezuela es nombrado economista jefe del Ministerio de Hacienda, cargo que desempeña para los ministros José Rojas y Maritza Izaguirre. Creó y dirigió la Oficina de Programación y Análisis Macroeconómico (OPAM) hasta el año 2000.

Su vinculación con las artes literarias data desde la adolescencia, habiendo cultivado el hobby de la escritura, concentrado principalmente en la narrativa corta. Ha escrito alrededor de trescientos cuentos desde aquel entonces hasta la fecha, forjándose de esta forma, sus dotes y estilo propio, para la narrativa escrita.

Durante la crisis vocacional de la facultad de ingeniería, luego de abandonarla, viaja a San Rafael de Mucuchíes y conoce a los artistas Juan Félix Sánchez y Epifania Gil, con quienes vive una temporada en El Tisure, construyéndose una entrañable amistad entre ellos. De esa época, datan recuerdos de anécdotas y vivencias, cuya reminiscencia se convierte pronto en notas y cuentos que, finalmente, adquieren la forma del relato *La Mirada de Pascualina*.